读者

美丽中国
Beautiful China

# 祁连山下，碧草如茵

本书编辑组 编

甘肃科学技术出版社

## 图书在版编目（ＣＩＰ）数据

祁连山下，碧草如茵 /《祁连山下，碧草如茵》编辑组编. -- 兰州：甘肃科学技术出版社，2021.2
（"美丽中国"丛书）
ISBN 978-7-5424-2798-4

Ⅰ.①祁… Ⅱ.①祁… Ⅲ.①纪实文学－作品集－中国－当代 Ⅳ.① I25

中国版本图书馆CIP数据核字(2021)第035001号

祁连山下，碧草如茵

本书编辑组　编

| 项目团队 | 星图说 |
| --- | --- |
| 项目策划 | 宋学娟 |
| 项目负责 | 杨丽丽 |
| 责任编辑 | 杨丽丽 |
| 封面设计 | 杨　楠 |

出　版　甘肃科学技术出版社
社　址　兰州市读者大道568号　730030
网　址　www.gskejipress.com
电　话　0931-8125103（编辑部）　0931-8773237（发行部）
京东官方旗舰店　https://mall.jd.com/index-655807.html

发　行　甘肃科学技术出版社　　印　刷　三河市嵩川印刷有限公司
开　本　787毫米×1092毫米　1/16　印　张　13　插　页　2　字　数　180千
版　次　2021年8月第1版
印　次　2021年8月第1次印刷
印　数　1~5 100册
书　号　ISBN 978-7-5424-2798-4　　定　价：48.00元

图书若有破损、缺页可随时与本社联系：0931-8773237
未经同意，不得以任何形式复制转载

## 道法自然　天长地久
——写在"美丽中国"丛书出版之际

徐兆寿

放在我面前的六本书稿，都是关于生态文明建设方面的文章合集，都在《读者》及其他刊物上发表过，有过广泛的读者群体，现在把它们分类集合起来，重新以生态文明建设的主题呈现给读者，这对当下来讲，算是一个大功德。甘肃科学技术出版社总编辑宋学娟女士是我学妹，是我认识的好编辑，也是这套书的策划者。她嘱我来写这篇序，我在委婉拒绝而又未能拒绝之后也便答应了。但是，当我真正要写这篇文章时，感到好为难。一则没有时间去看完这些文章，不能简单地说好；二则看了一部分文章后，反而对个别文章的观点和倾向有些不赞成，我就明白这是百年来我们数代人走过的曲折的心路历程，真的是摸索着走的，所以有些是要赞赏的，有些是要反思的。

细想起来，我们这一代作家和学者，有一个共同的特点，大多数都是从土里生在土里长大的，后来到城市读大学、工作、写作、研究，因为经历了1980年代的知识爆炸，西方的文化思想相对接触得较多，写作、研究不免有一点西化。对于我来讲，大学四年，除了两学期每周四节课的外国文学外，其他课堂上学的都是中国文学，但手里捧的全都是西方文学，去图书馆借来的都是西方文学名著，四处游走时背包里总是放一本普希金或聂鲁达或尼采的诗集，当然，从古希腊到后现代的西方哲学著作几乎都生吞活剥地读完了，以为自己是一个世界人，"中国"二字有一段时间似乎觉得有些小。

可是，等到四十岁以后，生命自身开始往土里退，总是发现母亲已经苍老，大地也一片荒芜，故乡已无人守护，便情不自禁地往回退，退到故乡写作，退到中国，退到古代。从故乡出发而研究世界，以故乡为原点构建一个文化世界，以故乡为方法重新理解中国和世界。回忆是无穷无尽的。原来觉得中国很小，现在觉得故乡都太大，一生也未必能理解。原来只关心天空不关心大地，现在觉得大地才是母亲，天地人合一才是完美世界。

于是，我们这代人逐渐地从有些盲目的世界撤回中国乃至故乡，然后再从故乡出发，重建中国和世界。一走一回，一生也就这样匆匆结束了。当然，也并非整整一代人都是如此，有一些人始终未走出去，还有一些人走出去就再没回来过，一直在世界上流浪。那些光鲜的人生背后，是他们迷茫的叹息。这也许是整个人类共同的故事。参与世界历史运动，漫游世界并向世界学习，是奥德修斯的英雄故事，但他经历苦难回归故乡、重建国家才是他真正的英雄历程。

我从2004年开始研究中国传统文化，从2008年研究西方文化，十多年来，每给学生讲一个问题，我都会从中西两方面对比去讲，慢慢地我发现中国文化确与西方文化在世界观、方法论上有着很大的不同。理解了不同，也就往往不会拿一把尺子来说事情了，就会对比来看问题，这样对中国文化的信心也就慢慢建立起来了。西方文化的伦理来自两个方面，一个是宗教，一切都有上帝创造，是一神教和一元论思维；另一个是古希腊文化，是科学和理性，或者人们把它叫科学和哲学。两个方面在罗马时代慢慢走到了一起，但在近代又产生了冲突。总体来讲，西方精神一直处于冲突之中。但中国文化不一样，她长期保持稳定。稳定的原因主要在于中国人很早就建立了一种理性精神，这就是朴素的自然观。这种自然观在宏观理论层面是由上古天文、地理学知识建立起来的，即天地人三才思想、阴阳五行、天干地支等，在微观层面也同样把这些宏观理论进行实践。这在最初没有人去怀疑它，但到后来就有越来越多的人反对，到近现代时则被定性为迷信。因为最初的天文地理学知识被搁置起来了，科学和理性精神被放弃了。所以，现在我们必须重新返回上古时代，重建中国人道法自然的科学观，而这样的重建也需要今天的科学和各种人文知识的参与验证。

当我明白这些时，已经到知天命的时候了。当然，它还不晚。孔子研究和写作《周易》《春秋》时已经到五十六岁以后了。我觉得我还有时间去跟着古代的圣人们重新去观测太空，重新去丈量大地、观察万物，还可以用今天的天文学、地理学和各种知识去验证它。这是一种幸福的感受。

现在再来说说即将出版的这六部著作，"美丽中国"是中国共产党第十八次全国代表大会提出的概念，强调把生态文明建设放在突出地位，树立尊重自然、顺应自然、保护自然的生态文明理念，努力建设美丽中国，实现中华民族永续发展。这是本丛书策划的初衷，也是我近年来关注的课题。丛书中所选文章大多数都是我们这几代作家们写的，所以便打着百年来不同代际作家的精神印痕，也便能知道哪些是珍珠，哪些是石子。其中印象最深的是《舌尖上的春天》的开篇《落花生》，以前在课堂上也学过一篇《落花生》，老师讲得入木三分，但那时我没吃过花生，无法理解南方人的情致。那时我们吃的零食很少，最多能吃到葵花籽、大豆、豌豆、炒麦粒，当然还有黑瓜籽、葫芦籽等。花生也在城里见过，但没钱买，没吃过。第一次吃花生大概是到大学时候了吧，才又想起那篇《落花生》来。我没见过花生的花朵，也可能正如南方人没见过我们这边的洋芋花、马莲花、苜蓿花一样。那真是令人终生难忘。读此文，本想要找到一些道法自然的境界来，可读到后半段时，看到的只是人类如何将它作为美餐的各种法子。这才是舌尖上的落花生。花生来到世上，最高兴的当然也莫过于生长顺利，然后盼望能给世界贡献点什么，只是它未必能感受到快乐。快乐是人类的。由此我便想到也许我们百年来读到的很多关于自然的文章，有可能只是能显示出我们人类的贪婪来。这自然是人性了，便为我过去的人生感到可惜，因为我也曾写过这样的文章。后来又突然顿悟，这可不就是五行相生相克的真理吗？使它变成另一种东西，然后再生出新的生命来，如此，大自然方能生生不息。如果它不死，不再转化为别的生命的养料，大自然又如何重生呢？如此一波三折，使我又一次顿悟古老的道法自然的真理来。于是，这部书从这个角度来讲，便也有些意思了。

　　第二个印象便是扶贫。人类在早期处于贫困阶段，所以便与自然之间形成了张力。当自然强大时，万物皆灵，人类很渺小，于是人类就有了多神教，再后来有了一神教。当人类稍稍强大时，便对自然有了理解，所以就与自然和谐相处,这就是道法自然、天人合一等观念产生的基础。但是,人类希望继续强大,终于到了资本主义时代,正如马克思所陈述的那样,在很短的时间内产生了比过去人类生产的财富之和还要多得多的财富,它的腐朽和堕落也便显示了出来。它一方面产生了不平等,很多财富垄断在极少数人的手里,导致绝大多数人处于被奴役的处境,另一方面它以破坏自然为代价,将自然踩在脚下。

所以我总在想,我们老是说我们是贫困的,可我们比古人来讲已经有太多的财富,那么,我们今天的贫困概念是以什么为尺度来判断的,显然,当我们把我们国家放在发展中国家时,就是以西方为标准,在这里,就产生了悖论,即到底什么才是真正的贫困?如果我们的财力、物力、国力超过西方发达国家时,我们就不贫困了吗?我们为此将会付出怎样的代价?我们与自然的关系又将如何?这里面的很多文章多是讲物质的贫困,也有讲精神的贫困,但鲜有从中国古老哲学的角度去反思的。

第三个主题是山川治理。这会使人立刻想到电影《阿凡达》。这是一部反思西方殖民文化和资本主义文化的电影,它强调人与自然的和谐,强调人要回到大自然去,回到人的本位上去。整个西方社会的生态反思行动是从20世纪初开始的,在七八十年代形成一个高潮。中国要晚得多,一直到了21世纪初才开始,但因为生态理念与中国传统文化的价值一致,所以中国人领悟得快。习近平总书记提出"绿水青山就是金山银山",这是从国家层面提出的生态文明治理理念,是很快被人们记住的金句和行动纲领。很多地方迅速行动起来,使生态得以恢复。但是,就西部来讲并不这么简单,还需要艰苦治理才行。这些著作里面的一些文章反映的就是这个主题,它有力地回应了当下中国乃至世界的时代命题。

但遗憾的是这些文章大多数都太实了,少了一些哲思,尤其是少了对中国传统文化生态观的深刻思考。如果能再多些这样的文章,则这套书就非常好了。当然,作为出版者,紧扣时代主题,策划出版这样一套宣传和阐释"美丽中国"理念的通俗普及读物,已属不易,理当为之呼与歌!

2021年春节于兰州

徐兆寿,著名文化学者,教授,博士生导师。现任西北师范大学传媒学院院长,甘肃省电影家协会主席,甘肃省当代文学研究会会长,全国当代文学研究会常务理事,全国文艺评论家协会理事。中国作家协会会员,甘肃省首批荣誉作家。《当代文艺评论》主编。教育部新世纪人才,"四个一批人才"。国家社科基金重大项目首席专家,第十届茅盾文学奖评委。1988年开始在各种杂志上发表诗歌、小说、散文、评论等作品,共计500多万字。

# 目 录

001　巍巍祁连，山河砥砺
012　盐池湾，野生动物的天堂
015　沙漠赤子——八步沙六老汉浴沙播绿记
028　遇见你的茶香——湄潭小记
031　与树木共存
035　印象野三坡
039　一滴眼泪落在阿尔山
043　树是村庄的历史
046　长得慢的植物
049　我要和沙漠较量
052　祁连山下，碧草如茵

058　绿色的梦
064　丽水妖娆
067　"中华水塔"三江源
073　奉化滕头村
077　我和昆虫零距离
080　给藏羚羊让路
083　美丽中国，野性中国
089　我和春天有段瓜葛
095　春天的声响
098　看　　花
102　栽　　树
105　湖光山色小江南
112　从雅丹到盐湖：柴达木盆地中的地质奇观
119　大地哀愁
121　小叶章的故乡
127　冬天的记忆
133　波光潋滟　塞上江南
138　万物静默如谜
141　通往天堂的胡杨林

145　客居湾里
149　走进黄河石林
153　寻路剡中
158　风景这边独好
168　走进地貌大观园——张掖
176　诗画浙江
180　百山之祖，众生所驻
183　念山念海念霞浦
187　什么样的风光最中国
189　大河之北
195　编后记

## 巍巍祁连，山河砥砺

王 琳

"明月出天山，苍茫云海间；长风几万里，吹度玉门关……"循着这豪迈的诗篇，沿着河西走廊向西而行，一条横亘在甘肃、青海两省之间的巨大山脉，始终在云雾缭绕之间绵延起伏，以多变的姿态与我们一路相伴，在阳光的照耀下闪烁着神秘的光芒。它就是被古匈奴称为"天山"的祁连山。

在中华文明绵延不断的历史长河中，祁连山不仅仅是地理意义上的雄伟高山，更是河西走廊绿色发展的生态高地，是中华民族辉煌历史的文化高峰。

今天，当我们身处河西走廊，回望孕育了河西走廊绿洲和丝绸之路文明的祁连山脉时，这条承载着中华民族的过去、现在以及未来的伟大山脉，值得我们重新注视，并永久守护。

### 祁连山，中国西部的一道生态屏障

祁连山脉位于青海省东北部与甘肃省西部边境，是两省的界山。准确地来说，祁连山并不是一条孤立的单薄山岭，而是一组由西北至东南走向的平行山脉和宽谷盆地排列组成的庞大山系。它的西端至当金山口，与阿尔金山、昆仑山脉相接，东端至黄河谷地，与六盘山、秦岭相连，东西长约 1000 公里，南北宽约 300 公里。在这组大致平行的山脉群中，包括党河南山、野马山、托来山、托来南山、野马南山、疏勒南山、冷龙岭、大通山、土尔根达坂山以及宗务隆山等一系列大山，可谓是"山连山、岭连岭，千山万岭的海洋"。

让我们做一个实验，或许会让你对这条山脉有更清晰的认识：翻开中国地形图，先后找出青藏高原、内蒙古高原、黄土高原的轮廓，无论从哪里画起，在哪里停笔，位于三大高原交会地带的那条绵延近千公里的祁连山脉，都会出现在视线之内。仔细观察，你会发现它的三面被沙漠包围，北面是巴丹吉林沙漠，西面是库姆塔格沙漠和塔克拉玛干大沙漠，南面是柴达木盆地。身居内陆、远离海洋的祁连山，如同伸入西北内陆干旱地区的一座湿岛，阻挡着三大沙漠向南侵袭的脚步，维系着河西走廊绿洲的生态平衡，也守护着世界"第三极"青藏高原和"中华水塔"三江源的生态安全。

受到来自太平洋东南季风的影响，祁连山脉从东向西主要分为森林、草原、荒漠三种景观。然而这仅仅是从水平方向上来说。纵观在水平地带性和垂直地带性双重控制下的祁连山脉，几乎囊括了除海洋之外的雪山、冰川、宽谷、盆地、河流、湖泊、森林、草原、荒漠、湿地、丹霞等多种类型的地理要素，呈现出了千姿百态的景观，这些景观构成一个复杂而又完整的复合生态系统。

千百年来，中国西部地区的生态平衡离不开祁连山的水源涵养。对此，古人早已有"雪山千仞，松杉万本，保持水土，涵源吐流"的准确认识。在祁连山区，分布着青海云杉林、祁连圆柏林、桦树林、山杨林、金露梅灌丛、冷蒿草原、温性草原、高寒流石坡植被、高寒荒漠植被、高寒高原植被、高寒灌丛、寒温性针叶林等众多自然植被，共同构成祁连山区重要的水源涵养林。作为山地贮水供水的中心，祁连山水源涵养林不仅发挥着突出的生态水文功能，涵养并储蓄了山区的雨雪降水和冰雪融水，而且在调节区域气候、净化空气、防风固沙、保护生物多样性、保持生态平衡与稳定、保障生态安全与可持续发展等方面也发挥着极其重要的作用。

同时，祁连山区浩瀚的森林、广袤的草原也为野生动植物提供了良好的栖息环境，让这里成为雪豹、野牦牛、西藏野驴、藏原羚等众多珍稀濒危野生动物的生存家园。据统计，祁连山区共栖息着野生脊椎动物 28 目 63 科 294 种，其中兽类 69 种、鸟类 206 种、两栖爬行类 13 种、鱼类 6 种，国家一级保护野生动物白唇鹿、马麝、黑颈鹤、金雕、白肩雕、玉带海雕等 15 种，国家二级保护野生动物棕熊、猞猁、马鹿、岩羊、盘羊、猎隼、淡腹雪鸡、蓝马鸡等 39 种。除此之外，这里还生长着冬虫夏草、雪莲、瓣鳞花、红花绿绒蒿、羽叶点地梅、星叶草、山莨菪等高等植物 95 科 451 属 1311 种，其中，国家二级保护野生植物 32 种，列入《濒危野生动植物种国际贸易公约》的兰科植物有 12 属 16 种。

独特而典型的自然生态系统和野生动植物区系，让祁连山脉不仅成为我国生物多样性保护的优先区域，也是世界高寒生物种重要的资源库及野生动物迁徙的重要廊道，更在我国"两屏三带"生态安全战略中发挥着"青藏高原生态屏障"和"北方防沙带"不可替代的作用。

试想，如果没有祁连山，内蒙古高原的巴丹吉林、腾格里两大沙漠将会和柴达木盆地的干旱荒漠连成一片，直接逼近青藏高原，河西走廊的千里沃野将销声匿迹。与此同时，沙漠也许会向兰州方向大大推进，然后向黄土高原周边地区不断侵袭和蔓延。倘若如此，不仅河西走廊会迅速消失，整个甘肃也将不复存在，西北地区相当一部分城市将被沙漠所覆盖，由此而引起的沙尘暴也会更加肆虐，后果将不堪设想……

"构筑起我国西北地区不可替代的生态安全屏障"，这就是祁连山的意义，然而她的意义又不仅限于此。回望这片土地的沧桑历史，倾听历史的回声，我们才会体会到祁连山脉承载着的神圣而重大的历史使命。

祁连山，河西走廊的一条生命之源

水是生命之源，也是我们探寻祁连山对河西走廊乃至整个中国的意义之关键所在。

纵览绵延千里的祁连山脉，海拔4000米以上的山地面积占整个山区的三分之一。高大的山峰拦截了来自太平洋暖湿气流中的水汽，在高空遇冷形成云团，逐渐凝聚成雨雪洒向大地，孕育出了众多的雪山和冰川。目前祁连山已被查明的冰川共有3306条，储水量约1320亿立方米，大概是三峡大坝蓄水总库容的3.36倍。

冰川是地球上最大的淡水资源，在西部干旱地区，冰川更是主要的淡水资源。祁连山脉丰沛的冰雪融水化作涓涓细流，成为黑河、疏勒河、石羊河三大水系及56条内陆河的源头，滋润了120万公顷林地和620万公顷草地，哺育了600多万人民和700多万头牲畜，灌溉了河西走廊和内蒙古额济纳旗70余万公顷的农田，造就了中国西北地区最主要的商品粮基地和经济作物集中产区。

让我们梳理一下润泽了河西走廊干旱大地的三大水系。

黑河，古称"弱水"，发源于祁连山北麓中段，全长821公里，地跨青海、甘肃、内蒙古三省（区），流域面积约14.29万平方公里，是中国西北地区第二大内陆河，也是甘肃省最大的内陆河。从雪峰之上一路奔涌而下的黑河水，流过鹰落峡，依次纳入山丹河、梨园河、摆浪河、洪水河等支流后,穿过张掖大地,造就了张掖"塞上江南"的美誉,而后跨正义峡进入酒泉金塔县,最终注入内蒙古居延海,在戈壁深处孕育出大片湿地奇景。

疏勒河,古名"籍端水",发源于祁连山脉西段托来南山与疏勒南山之间,全长670公里,横跨青海、甘肃、新疆三省(区),流经玉门、瓜州、敦煌三地,流域面积4.13万平方公里。"疏勒"一词,最早起源于西域疏勒国,有水、水浊之意。当绝大多数河流自西向东奔流的时候,疏勒河却是一个逆向的前行者,自东向西缓缓流淌,在依次纳入昌马河、榆林河、党河、宕泉河等众多支流后,源源不断地流进了河西大地,孕育着人类文明史上无与伦比的敦煌文化。

石羊河,古名"谷水",发源于祁连山脉东段冷龙岭北侧的大雪山,全长250公里,自东而西依次为大靖河、古浪河、黄羊河、杂木河、金塔河、西营河、东大河及西大河等支流,流域面积4.16万平方公里,流经武威、金昌两市的凉州区、金川区、永昌县、古浪县、天祝县、民勤县,滋润着被腾格里和巴丹吉林两大沙漠包围的民勤绿洲,同时也滋养了博大精深的凉州文化。

自古,人类文明前行的脚步,始终都是与水为伴。一座座冰川雪山养育了一条条河流,一条条河流孕育了一片片绿洲,一片片绿洲连成了河西走廊。

古代没有先进的交通工具和补给手段,因此行走在丝绸之路上的商队、使团、军队必须要沿着河水前行。

设想一下,倘若没有祁连山,就没有冰川融雪化成的一条条河流,气候干旱、降水稀少的河西走廊也无法形成一个个绿洲城邦,河西走廊将是一片沙漠的世界,古代那些身处荒漠之中的边关将士和使者商队便没有充足的水源补给，中原和新疆就只能隔沙而望，丝绸之路或许将是死路一条。

从这个角度来说，没有祁连山，就没有河西走廊的繁盛景象，也就没有绵延悠长的丝绸之路。正是因为有了祁连山的庇护，河西走廊才由此成为中原通向中亚、西亚的必经之路。在漫长的历史岁月中，这条古丝绸之路上东西方政治经略、经贸往来、文化交流的黄金通道，吸引着无数的人们带着梦想和信念，在这片沧桑厚重的土地上留下永不磨灭的足迹……

### 祁连山，镌刻历史的一部文化史书

"严关百尺界天西，万里征人驻马蹄。飞阁遥连秦树直，缭垣斜压陇云低。天山巉削摩肩立，瀚海苍茫入望迷。谁道崤函千古险？回看只见一丸泥。"这是民族英雄林则徐在被革职"谪戍伊犁"的万里旅途中，抵达嘉峪关时所写下的不朽诗篇《出嘉峪关感赋》。

今天，当我们再次登临嘉峪关城楼，举目远眺，连绵起伏的祁连山脉和险峻陡峭的悬壁长城映入眼帘。终年积雪的祁连山，犹如一位睿智的老者，凝望着这片饱经风霜的土地，在历史兴衰中，默默护佑着这条走廊上的一片片绿洲。

回望历史深处，无数为了理想不断求索的英雄志士从祁连山走过，行走在河西走廊这片土地上，留下了他们对于这条山脉和通道的深情印记。

乌鞘岭，位于祁连山脉北支冷龙岭的东南端，是陇中高原和河西走廊的天然分界线，也是半干旱区向干旱区过渡的分界线，同时又是东亚季风到达的最西端，是河西走廊的门户和咽喉。历史上张骞出使西域、玄奘西天取经、林则徐谪戍伊犁，都是从这里经过，走向了祁连深处。

扁都口，位于祁连山脉中段的张掖境内，是一条长约28公里，连通河西走廊和青海高原的险关要道。两千多年前，张骞和他的使团就是从这里穿越祁连山，进入河西走廊，义无反顾地踏上了西去的探索征程，开辟出一条横贯东西、连接欧亚的伟大通道。

焉支山，祁连山的一条支脉，坐落在河西走廊峰腰地带的甘凉交界处，自古就有"甘凉咽喉"之称。元狩二年（前121年），汉骠骑将军霍去病率军西征，在焉支山下击败匈奴4万余人，取得胜利。败退的匈奴族凄然退出了祁连山牧场，留下千古悲歌："失我焉支山，令我妇女无颜色。失我祁连山，使我六畜不蕃息……"

霍去病西征700多年后，历史再一次赋予焉支山特殊的意义。大业五年（609年），中国历史上唯一一位亲临河西走廊的中原帝王——隋炀帝，在焉支山下主持举行了一场史无前例、云集西域二十七国首领和代表的"万国博览会"。正是这场盛况空前的商品盛会、经济盛会、政治盛会，开启了令后世瞩目的"世界博览会"之先河。

大马营草原，位于祁连山冷龙岭北麓，地势平坦，沃野千里，这里拥有着世界上历史最悠久、亚洲规模最大的马场——山丹军马场，在公元前121年由骠骑将军霍去病创建。这里是汉帝国理想的军马养殖基地，这里培养出的山丹马驰名天下，因此成为历朝历代皇家军马养殖基地。今天，这里的人骄傲地说："我们的第一任场长就是霍去病。"

马蹄山，位于祁连山北麓的肃南县境内，山顶常年白雪皑皑，山中绿树郁郁葱葱，山下四季流水潺潺。东晋十六国时期，"明究群籍，特善史书"的学士郭荷就隐居在此，向学子们传道、授业、解惑。郭荷逝世后，他最好的学生郭瑀继承了他的衣钵，继续在这清幽的山谷中传讲儒学，并带领弟子在马蹄山绵延100多公里的崖壁上，凿刻出佛教造像的圣地，成为河西走廊上儒家与佛教两大文明交汇的见证。

夏日塔拉草原，位于祁连山腹地，水草丰茂，野花烂漫，这里生活着一个甘肃独有的少数民族——裕固族。对于这个饱经风霜的民族来说，草原是上天赐予他们最好的"礼物"。从古至今，祁连山南北山麓下广阔无垠的大草原，一直是众多民族栖息的家园。从古代的西戎、月氏、乌孙、匈奴、吐蕃、吐谷浑、回鹘到今天的裕固族、蒙古族、藏族以及哈萨克族，一曲多民族文化融合的宏大交响乐，始终回荡在这片广袤无垠的大草原上……

穿越历史的风云激荡，我们看到了祁连山脉更为深刻的文化内涵，看到了众多民族文明在这片土地上交融共生，看到了一个帝国在这条政治通道上风起云涌的沧桑岁月，看到了满载货物的马帮与驼队在这条贸易通道上日夜兼程，看到了东方儒家思想与西方佛教文明在这条文化通道上交相辉映，看到和平的使者从遥远的西域纷至沓来，以会谈与结盟的方式，奠定了今天的中国版图……

正如《中国国家地理》执行总编单之蔷先生所说："祁连山对中国最大的贡献，不仅仅是河西走廊，不仅仅是丝绸之路，不仅仅是引来了宗教、送来了玉石，更重要的是祁连山通过它造就和养育的冰川、河流与绿洲做垫脚石和桥梁，让中国的政治和文化渡过了中国西北浩瀚的沙漠，与新疆的天山握手相接了，中国人在祁连山的护卫下走向了天山和帕米尔高原……河西走廊就是中国之臂,它为中国拽回了一个新疆。没有祁连山，就没有河西走廊；没有河西走廊，就没有了新疆。这就是祁连山的意义。"

## 祁连山，永久守望的一片生态绿洲

作为通往广阔西部的咽喉，河西走廊承载着太多的期待与渴望。

作为中国西部的生态屏障，祁连山拥有着母亲般的博大和包容。时光流转，岁月更迭。

今天，祁连山下的这片土地上，人类文明交往的足迹依然不断延伸，东西文化的交融与碰撞依然绽放异彩，绿色和文明依然相伴相生，梦想和信念依然生生不息。

对于整个中国来说，无论是在流淌千年的历史长河中，还是在人类文明的交流碰撞中，抑或是在绿水青山的生态画卷里，祁连山都始终占据着举足轻重的地位。

亘古以来，生态兴则文明兴，这是不变的真理。唯有用心守护，方能"青山不老，绿水长流。"

习近平总书记提出："像保护眼睛一样保护生态环境，像对待生命一样对待生态环境。"环视当下，中国已经迈向了绿色发展的新时代。在推进生态文明建设的旗帜下，祁连山的生态屏障作用愈加显现。珍视、呵护这条伟大山脉，是今天2600多万陇原人民共同的坚守和选择。

有这样一组数据，或许能直观反映出甘肃人民坚决打赢这场祁连山生态环境整治攻坚战的决心和信心：2017年，祁连山核心区149户484人已全部搬出并妥善安置，95.5万亩草原实施禁牧，3.06万头（只）牲畜出售或转移到保护区外舍饲养殖；2018年，祁连山国家公园管理局成立，疏勒河完成生态输水量2.35亿立方米，黑河正义峡下泄水量14亿立方米；2019 年，祁连山地区完成营造林面积 475.65 万亩，超目标任务 35.9%。截至 2019 年底，祁连山生态环境治理按期完成整改任务，环境恢复治理基本完成，144 宗探、采矿项目全部关停，77 项矿业权全部退出，42 座水电站全部完成分类处置，其中 9 座在建水电站退出 7 座，33 座已建成水电站关停退出 3 座，剩余 30 座全部规范运营。25 个旅游项目完成整改和差别化整治，4 项旅游项目全部拆除设施，201 户 701 名农牧民走出大山，实行易地搬迁。

如今，祁连山生态环境已由生态治理进入生态恢复、生态监管的新阶段。雪豹、马麝、雪狼等国家重点保护的珍稀野生动物又重新回到了祁连山的怀抱，出现在人们的视野。曾经受伤的祁连山，正在逐步恢复活力，重现昔日美丽的风姿。

伴随着祁连山生态环境整治攻坚行动的深入推进，祁连山、渭河源区、"两江一水"等一系列生态工程和绿化工程也在不断向纵深推进，"绿盾 2019"专项行动取得阶段性成果，祁连山国家公园体制试点工作步入了新的建设阶段。与此同时，保护区充分发挥遥感监测大范围、快速、动态、客观等技术特点，努力构建生态环境一体化监控网络，不断推进祁连山生态监测自动化、数字化、智能化项目建设。祁连山生态环境治理保护取得了明显成效，得到了习近平总书记"由乱到治、大见成效"的评价。

展望未来，祁连山脉依然是河西走廊乃至整个西部地区生存与发展的命脉所在。积极探索以生态优先、绿色发展为导向的高质量发展之路，将被动治理转化为主动保护，这是祁连山走向生态文明的必由之路，也是甘肃走好可持续发展之路，筑牢国家西部生态安全屏障、筑梦"一带一路"战略建设的重大使命。

巍巍祁连，山河砥砺。今天，当我们俯瞰苍穹之下的中国西部大地，这条巍峨壮丽的伟大山脉依旧庇护润泽着万物生灵，这条古老神奇的文明通道依旧闪耀着不朽的光芒，这片生机勃勃的绿色土地依旧充满着希望和梦想，他们共同见证着中华民族辉煌的过去，也承载着光辉的现在，更预见着灿烂的未来……

选自《读者欣赏·甘肃民航》2020年第1期

## 盐池湾，野生动物的天堂

横空峭立的祁连山绵延1000多公里，把白雪皑皑的西端山脉延伸到了气势雄奇的青藏高原，在青藏高原北部边缘上勾勒出一条半弧形的轮廓线。盐池湾，就像镶嵌在这条轮廓线上的一颗璀璨明珠，绚丽夺目，恍如天境。

盐池湾，你去过这个神奇的地方吗？

它位于肃北蒙古族自治县东南部祁连山区，地理坐标为北纬38°26′~39°52′，东经95°21′~97°10′之间，总面积1.36万平方公里。区内地形地貌复杂多样，有陡峭入云的山脉，有一望无际的草原，有剔透壮美的冰川，也有候鸟的天堂——湿地……

这是一个离太阳很近、离白云很近、离草原很近、离湿地很近、离野生动物也很近的地方。这里，平均海拔3000米以上，是以白唇鹿、野牦牛、藏原羚等高原珍稀野生动物保护为主的超大型野生动物类型的自然保护区。

据了解，盐池湾自然保护区始建于1982年4月，2006年2月经国务院批准晋升为国家级自然保护区。它在疏勒河、党河、榆林河的上游，地理位置和生态区位功能独特，有1503平方公里的湿地和780平方公里的冰川。所辖区域盆地有石包城南滩盆地、野马滩盆地和盐池湾盆地；

谷地有疏勒河谷地、野马河谷地和党河谷地；受河流的长期切割，形成了石油河峡谷、疏勒河峡谷、榆林河峡谷和党河峡谷。以疏勒河峡谷为分界线，峡谷以西随山地海拔升高，冰川冻土、高原寒漠、高山草原、高原湿地及荒漠化生态景观依次交错，呈阶梯分布，形成了盐池湾保护区冰川耸立、谷地相间、河流纵横、湖泊遍布、百兽栖息、珍禽繁衍的原始博大的自然生态宝库。保护区内野生动植物资源丰富，天然分布的植物达421种，脊椎动物有154种，隶属于22目51科，其中列入国家一级保护动物名录的有11种，列入国家二级保护动物名录的有27种，列入濒危野生动植物国际贸易公约附录Ⅰ、Ⅱ的有28种。

盐池湾自然保护区具有典型的高原性质，自然景观以高山寒漠、高山草甸草原为主体。这里地广人稀，蒙古族同胞世代生活于此。他们中的许多人至今仍然过着游牧的田园生活；他们有着朴素的环保传统，不污染水源，不伤害动物。这一切，都使盐池湾成了包括雪豹在内的野生动物的天堂。

每年春、夏、秋三季，这里牧草连天、湖泉交汇、景色宜人，成千上万只黑颈鹤、斑头雁、大天鹅、赤麻鸭等候鸟在这片高原湿地嬉戏、繁衍、迁徙。即使进入冰封雪锁的冬季，野牦牛、野驴、羚羊等也在这片高原上出没、奔跑，像一颗颗滚动的黑、白珠子，让萧瑟的草场有着生动的气息。

盐池湾党河湿地是黑颈鹤分布最北的繁殖地，也是黑颈鹤最主要的繁殖地之一。根据盐池湾保护区和兰州大学生命学院从2011年至2018年连续8年的监测数据显示，在盐池湾党河湿地繁殖的黑颈鹤数量逐年增加。这8年中共监测到黑颈鹤169只，抽选30个巢穴进行红外相机监测记录，全程记录和拍摄了黑颈鹤筑巢、孵化行为，共拍摄照片2000余张。

据此，盐池湾党河湿地的黑颈鹤数量占到全世界黑颈鹤总数量的1.53%，定期栖息的种群数量超过了全世界总量的1%。

盐池湾自然保护区以保护白唇鹿及其他高原有蹄类动物为主，这里是祁连山地白唇鹿主要分布、栖息、繁殖的地区，为白唇鹿在青藏高原分布的北界。经监测，白唇鹿已从2010年统计到的一群17只，已繁殖发展为目前的三群62只。这里也是野地牦牛、野驴、藏原羚等高原有蹄类的集中分布区。

近年来，罕见的"雪山隐士"、国家一级保护动物雪豹在盐池湾国家级自然保护区内频频出现。不仅雪豹频现，其他多种重点保护野生动物的活动也很频繁，尤其是查干布尔嘎斯及包尔沟区域，在出现多个雪豹的同时，还发现了包括棕熊、狼、豺、猞猁、石貂、赤狐、兔狲、岩羊、藏野驴、白唇鹿等哺乳动物以及雪鸡、石鸡、高原山鹑等鸟类，证明了这一地区食物链的多样性。

如果你来到这里，进入山沟草原，山峰白雪皑皑，山下绿草如茵，银光闪烁的雪山脚下，河流纵横、牛羊成群、骏马奔驰，一派雪山牧场的独特风光；湿地上，成群的飞鸟来回翻飞；舒缓起伏的草地上，弯弯曲曲的河流充满诗情画意。

远处，绿色的草原和蓝蓝的天空连接在了一起；近处，平地是绿的，小丘也是绿的，到处翠色欲流。

天苍苍，野茫茫，风吹草低见牛羊……不到真正的大草原，很少有人能透彻地领悟到这诗画一般的境界。落日余晖温情地挥洒在墨绿的草原上，晚霞映射出多彩的光线。牧归的牛羊群从远方草原走来，整个大草原呈现出一派安宁的样子。

选自《读者欣赏·甘肃民航》2020年第1期

## 沙漠赤子——八步沙六老汉浴沙播绿记

高 凯

一代人，两代人，三代人……

在与"死亡之海"沙漠的持久鏖战中，一个英雄群体好像给自己的生命设定了倒计时，腾格里沙漠就是他们的时光沙漏；在他们的意志里，腾格里沙漠积累了多少时光，他们就会奋战多少岁月。

甘肃省古浪县八步沙林场是一个出好老汉的地方。这里的好老汉，一出就是六个，20世纪70年代末出了六个，90年代末又出了六个，而时下，六个新老汉又在聚集。不仅如此，好老汉的身后还跟着好老婆、好儿女和好孙子，他们就像古时候那位移山的愚公，为了辟路而"子子孙孙无穷匮也"。不仅是八步沙林场，八步沙林场所在乡镇的老老少少、男男女女都是治沙造林的好汉。

八步沙人历经50年的艰苦奋斗，从"沙进人退"到"沙退人进"，一步一步逼退了沙漠的侵袭。他们就像在画一幅幅神奇的沙画，在塑一座座美丽的沙雕，演绎了一代代人治沙造林的传奇。

在镇、县、市、省和国家林业局层层多次表彰之后，因为接力治沙造林成绩卓著，三代"六老汉"群体在2019年被中共中央宣传部授予"时代楷模"集体荣誉称号。

真乃天道酬勤。

## "六老汉"与"六老婆"

"古浪"之名,由藏语"古尔浪哇"音译而来,意为"黄羊出没的地方"。那么,今天的古尔浪哇还有黄羊出没吗?

我要去八步沙看"六老汉"。我不仅要写一篇报告文学,还要给古尔浪哇写一首很美很美的诗。

虽然身在大漠,但古浪人不是一盘散沙。无数的沙子能抱成一团形成一个沙漠,39万古浪人就能抱成一团形成一个绿洲。而这一壮举,八步沙的"六老汉"做到了。

对于"六老汉"来说,"时代楷模"可是一个天大的荣誉,六个沙里淘金的老汉在沙海里淘出一枚金灿灿的奖章是他们做梦也想不到的事情。而且,第一次去首都北京、第一次坐飞机也让大家没有想到。

"我们没有做什么呀,我们只是想把家园守住,这个荣誉太高了!"

第一代"六老汉"之一的张润元的这番话,可以说是代表了"六老汉"获得"时代楷模"之后的共同心态,大家个个激动不已而又忐忑不安。张润元家我去了两次,这句话他情不自禁地捋着小山羊胡子说了两次。第二次说到高兴时,他还拿出了酒杯要和我对饮。旁边的老伴罗桂娥见状,赶紧拿出一盘花生让我们下酒。

三杯酒下肚,张润元老汉动情地说:"那天在台上领奖,想到四个走了的老汉时,我还默默地念叨着告诉了他们呢。"

采访完几位在家的老汉后,当我提出采访程海老汉时,大家都说老人已经83岁了,听不见人说话,脑子还不清楚,建议我不要去了。迟疑了一下,我还是决定采访一下,哪怕见老人一面也好嘛。果然,在其儿子程生学家里见到老人时,发现他确实已经老态龙钟。老人这个样子,肯定还不知道"六老汉"最近几天在全国弄出的动静。这一情况被程生学证实后，我的心里很难受，也十分着急。程海老汉紧挨着我坐在沙发上，我发现他老低头看我摊开放在茶几上的采访本，我才知道他识字，而且眼睛还能看见字。我立即兴奋起来——老人既然听不见，那就让老人看见，无法告诉走了的四位好老汉，但必须让活着的好老汉知道。于是，我灵机一动，在我的采访本里写下几行很大的字。仔细看完后，他说："了不得，对我们（来说）了不得！"见他很高兴，我明知故问："高兴吗？"他说："高兴！"从程老汉家出来，我也觉得自己做了一件了不得的事。

第一代"六老汉"唯一活着的好老婆——罗元奎的老伴隆栓菊，我也去采访了。说是采访，其实就是看望。老人83岁了，但耳不聋，眼不花，身体还很硬朗，跟着儿子罗兴全住在六楼，每天还能扶着楼梯独自下来又上去。问起"六老汉"获奖以及儿子去北京领奖的事，她都知道，而且很高兴、很自豪。说起去年刚刚去世的老伴，老人说了一句"那么早就走了"之后，竟然埋下头低泣了起来。见老人悲伤，我不敢再为难她。

最后赶回兰州采访郭玺时，我又听到关于"六老汉"的一个好消息：他们被中央电视台邀请赴京参加5月19日"国际家庭日"特别节目《最美我的家》的节目录制。看来，"六老汉"这个光彩四射的"时代楷模"，其内涵和价值已经被人们认识到。"六老汉"治沙造林，不是六个大男人个人的事，而是关乎身后每一个大家庭生存的大事，离不开家里每个人的理解和支持。正因为如此，在第一代好老汉之后，才有了第二代好老汉，甚至有了紧随其后的第一代和第二代好老婆。

下面，我们先一起看看六老汉的家谱：

好老汉郭朝明，已故，中共党员，1973年至1982年在八步沙治沙造林。好老婆杨焕兄，已故，同期跟随其后。第二代好老汉郭万刚，系郭朝明长子，中共党员，1982年接替父亲，现为八步沙林场场长。好老婆陈迎存至今紧随其后。郭玺，系郭朝明孙子、郭万刚侄子，2016年进入林场。

好老汉石满，已故，中共党员。1981年至1992年在八步沙治沙造林。好老婆于尔女，已故，同期紧随其后。第二代好老汉石银山，系石满次子，中共党员，1992年接替父亲。好老婆任尔菊紧随其后。

好老汉罗元奎，已故，1981至2002年在八步沙治沙造林。好老婆隆栓菊同期紧随其后。第二代好老汉罗兴全，系罗元奎次子，2002年接替父亲。好老婆朱存桂紧随其后。

好老汉贺发林，已故，中共党员，1978年至1991年在八步沙治沙造林。好老婆任月英，已故，同期紧随其后。第二代好老汉贺中强系贺发林三子，1991年接替父亲。好老婆郭润兰紧随其后。

好老汉程海，1974年至2004年在八步沙治沙造林。好老婆安富贵，已故，同期紧随其后。第二代好老汉程生学，系程海四子，2004年接替父亲。好老婆银凤梅紧随其后。

好老汉张润元，中共党员，1981年至2016年在八步沙林场治沙造林。好老婆罗桂娥同期紧随其后。第二代好老汉王志鹏，系张润元女婿，2016年接替岳父。好老婆张尔旦紧随其后。

我之所以在这里详细列举这个名单，是因为觉得六个好老汉及其背后的好老婆都是这个时代的优秀人物，都应该被我们大书特书。而且，他们是一个完整的生命体，像沙漠里的一个绿色部落，不可分割。

组建林场之初，"六老汉"就约定，无论多苦多累，每家必须出一个后人，把八步沙治理下去。

"六老汉"谓之"老汉"，其实一些"老汉"并不怎么老。第一代"六老汉"都留着山羊胡子，美髯飘飘，按照武威民间的习惯应该称为六个"爷"了。

第二代"六老汉",虽然只是到了中年或壮年,但八步沙的风沙之刀已经把他们的面目雕琢得有些苍老了。为了和他们父辈的称呼一致,也为了那么一点儿亲切感,我们还是把他们都称作老汉吧。苍老是他们的英雄本色,不能随便将之改变或淡去。至于正在聚集的第三代,如郭玺、郭翊、贺鹏以及八步沙林场几个年轻的工作人员,虽然是第三代人,而且还都十分年轻,但命运使然,且岁月和风沙无情,我们终究还是要叫他们老汉的。

叫老汉好,不叫老汉就要叫"沙老鼠",这可是一个既难听又令人伤心的绰号。过去他们彼此之间能那么叫,今天就不能这样叫了。而且,"六老汉"如今已经叫出去了,名声在外,谁也不想改口,谁也改不了口。

### 新墩岭与沙尘暴

在地球上,占陆地面积20%的沙漠,有着博大精深而又雄奇的沙漠文化。直到20世纪五六十年代,在腾格里沙漠里还流行着一种沙浴的习俗。那时,因为卫生条件落后,孩子出生之后都要放在热热的沙子里滚一滚,以驱赶孩子身上的湿气。沙浴就是沙疗,不仅是初生儿,即使大人得了感冒,或是类风湿关节炎一类的病,经过一番沙疗,也会有很好的效果。出生于那个时期或成长于那个时期的人,当然都接受过沙浴的洗礼,六老汉恐怕也不例外。沙浴习俗的精神内涵和文化寓意,是"六老汉"沙漠传奇人生的生动体现,对常年在地窝子里钻出钻进的"沙老鼠"们来说,就是浴沙而生。

沙漠是怎么形成的,孩子们看的《十万个为什么》一书中已经有答案了,这里无须回答。但八步沙治沙造林的"六老汉"是怎么出现的,却是一个必须回答的问题。

没有新墩岭就没有八步沙。现任八步沙林场场长郭万刚告诉我，八步沙林场最初诞生于新墩岭。20世纪60年代，因为人为对植被的破坏，加之天旱少雨，沙尘肆虐，粮田大面积失守。一天，在与八步沙一河之隔的新墩岭的一块旱地里，他的父亲郭朝明意外发现一个奇迹：没有草的地方，麦苗一株无存；而有草的地方，麦苗却还绿油油地活着。这个细节让郭朝明喜出望外，其所展示的道理让他顿悟：那就先把草种上，把树栽上，然后再种庄稼。郭朝明理解的所谓植被，就是土地的绿被子，由植物们用自己的根根、枝枝和叶叶编织而成，离开了这个绿被子，土地就"死"了。林场要想生存，必须首先恢复植被。

父亲那辈人，有了认识，就会有行动。第二年一开春，郭朝明就与土门队的罗文奎（罗元奎兄）、和乐队的程海等人带着林场的群众，从土门林场购来8万多株树苗，一口气栽在新墩岭周围的风沙前沿上。第二年，60%的成活率又激励郭朝明迈出了大胆的一步，他辞去了生产队长一职，承包了新墩岭这块弃耕还林的土地，建起了一个林场。一开始，郭朝明只带着两个人，后来发展到七个人。而到了不毛之地八步沙，虽然殁的殁、病的病、退的退，但总有人跟上来接替，最后还是六个人。郭万刚说，到了1981年，自己被病倒的父亲从供销社拽回来接替父亲上阵，还是六个人。六个人刚好，一个地窝子能睡三个人，六个人正好住两个地窝子。

"六老汉"就是这么来的，很简单。不仅仅是六个老汉，六个老汉身后还跟着六个老婆。郭万刚的老伴陈迎存和郭万刚是一个村的人，17岁时就和郭万刚跟着公公婆婆栽树了。她的父母也跟着"六老汉"栽了一辈子树。回忆起青春岁月，陈迎存说，风沙大的时候，人在田间劳动，面对面都看不清对方的面孔。而地里的庄稼，刚一长出来就被风沙拔掉。老天不让种庄稼，大家只好去栽树。每一天，自己要挖1000个树窝、栽

1000棵树，用麦草压下的树都是不怕风沙的柠条、梭梭和花棒。种树离不开水，八步沙没有水，大家就赶着一头毛驴从土门镇拉水过来。不只是年轻时在栽树，陈迎存一直到有了孙子才停了下来。郭万刚之子郭翊虽然没有进入林场，却在土门镇另外一个治沙企业任职。郭翊对爷爷栽树的情形还有印象。他记得，爷爷天不亮就要背上干粮步行7公里去林场。到了他的父亲治沙的时候，已经有了自行车，他的父亲每天把干粮往自行车上一挎就出发了。而他从10岁开始就经常给父亲送衣服什么的。他清楚地记得，那时候没有电，到了晚上，林场一片漆黑，风沙把父亲住的土坯房吹得瑟瑟发抖。作为一场之长，又是党员，父亲无疑是林场的"大个子"，天塌下来都要父亲支撑，父亲的压力当然最大。他记得，自己半夜起来，经常会看见父亲一个人坐在炕上默默发呆，那个样子让人很是心疼。

这对母子的讲述，给我描绘出一幅八步沙人抗击风沙的风情图。

在八步沙林场，我看到了《八步沙林场造林碑记》，还看到了《五五沙尘暴警世钟铭》。前者记述了"六老汉"治沙的功绩，后者则铭刻着一场夺去了古浪县23个孩子生命的沙尘暴。那是1993年5月5日17时，一场突如其来的沙尘暴像一面通天接地的"沙墙"，铺天盖地淹没了整个古浪……

这是古浪的一场劫难。包括"六老汉"在内的古浪人，在这一场持续近两个小时的沙尘暴中没有后退半步，而"六老汉"是中流砥柱。那一天的那段时间，六个老汉都在八步沙看林子，大家都变成了沙雕。"六老汉"可能就是经过这一场巨大的"沙浴"而成为英雄群像的。这场劫难究竟给古浪人留下了多深的记忆？经历过劫难的人肯定记得，但劫难之后出生、成长的人是否知道却不得而知。这是一个重要的问题，关乎一场持久的生命接力,我必须搞清楚。

为了找到答案,我特意走进了古浪一中,以集体座谈的形式采访了30多名高中学生。对于我的一系列问题,大家七嘴八舌,说得很是精彩。令我欣慰的是,尽管出生于那场沙尘暴很久之后,出生后也没有见过一次真正的沙尘暴,但那场劫难,孩子们都是知道的。当然,他们也知道,是以"六老汉"为代表的治沙造林的前辈们为自己守住了一条生命线。不难理解,他们都想走出古浪,但对于"六老汉",孩子们的感恩之情溢于言表。而且,我发现孩子们已经懂得向崇高的事物致敬了。

八步沙风沙大,是因为古浪常年只吹西南风。在古丝绸之路上,古浪是一个地理要冲,当然也是风沙的关口,古浪人的绿洲无疑卡住了风沙的咽喉。古浪曾经有两条"风沙线",一条是从白银市景泰县到武威市的省道308线,一条是从武威到宁夏甘塘的甘武铁路。从前沙进人退时,黄沙漫道,两条线上都是护路队;后来人进沙退时,绿树成行,两条线上就看不到护路队的影子了。

而八步沙林场还为古浪奉献了一条美丽的风景线,那就是站在316省道古浪段两边的全长28公里的杨树们。这些树都是八步沙人栽的,没有让政府掏一分钱。

千真万确,"五五沙尘暴"之后的这26年里,古浪再也没有发生过沙尘暴,不尽如人意的是,时常还会出现一些沙尘天气。这意味着,不毛之地八步沙正在变成绿洲,而腾格里大沙漠里的沙子正在流失。

一口井与沙喜鹊

八步沙的绿洲源于一口深沉的水井。

成语"背井离乡"道出了中国人一个重要的乡土观念:一口水井就

是故乡，水井与故乡一样重要。山西洪洞大槐树下肯定还有一口老井，那么多远走他乡的人才被叫作"背井离乡"。

20世纪90年代末，林业政策断线了，没有了资金扶持，加上天旱少雨，吃粮、种树都成了问题，八步沙林场被逼到一个生死存亡的艰难境地。尽管如此，大家还得把林子管好。而且，要守住林子，必须守住林场。

古浪年平均降水量只有300毫米左右。在八步沙，水就更稀缺了。有一件关于水的事，让罗兴全的心里至今难受。11岁的一天，他在林场看父亲做饭，一只渴极的老鼠突然跳进水盆里，那些水是做饭用的，但父亲发现后并没有把水倒掉，而是把死老鼠拎出来扔了。那时他还不懂事，就问父亲："老鼠能吃吗？"父亲肯定地回答："能吃。"他后来才明白，人是不能吃老鼠的，但是那盆水人必须要吃掉。

打井吧，打井吧。水是生命之源，没有水，干啥都没有希望，林场人活命也成了问题。于是，在场长郭万刚的带领下，第一代老汉张润元、罗元奎、程海与贺中强、石银山几个人一合计，决定在村子里打一口井，以水养人养树，闯过眼前的难关。

一分钱也没有，咋办？求人借吧！郭万刚、张润元通过各种关系争取来了12万元贷款。也许是看到了老汉们的执着，半个月之后，县上在八步沙召开了一个现场办公会，坚决支持八步沙林场"以土地养林子"的做法。这"土地"指的就是打井和流转土地。

1997年7月，"六老汉"带着村子里的青壮年劳力开始平地打井。不难想象，在临近沙漠的地方打井是多么艰难。但是，"六老汉"运气不错，经过半年时间断断续续的人工苦干，他们居然在155米深的地方看到了水，然后又使用机械冲了50米，最后终于打出一口205米深的水井。可想而知，把水吊出井口的那一刻，八步沙人高兴的样子。

为了这一口救命井,"六老汉"都豁出去了,而贺中强差点儿把命搭上。那一年他 28 岁,因为年轻力壮,总是在井下面出苦力。农历正月初八,掘进到 160 米深的时候,为了取花管上的一个吊钩,他脚下一滑,失足掉入井里。他命真大呀!人虽然没有摔伤,但他在黑暗的井下昏迷了 5 个多小时才被救上来。大家都想瞒着他家里人,但晚上他的妻子郭润兰看他的脸色不对劲,煞白煞白的,一追问才问出了实情。妻子当场就哭了。跟我说这件事的时候,郭润兰又哭了。男人们打井,女人们除了整天提心吊胆,家里还有一大堆事等着呢。而张润元的妻子罗桂娥还义务在工地上给大伙儿做了一个月的饭。

这口井,是生命之源的出口,也是生命之根的入口。它不但解决了周围 2503 人的饮水问题,还使八步沙的那些树林子焕发出无限生机。一些人还种了西瓜,西瓜熟了后,几个老年人嘴里吃着西瓜,还是不敢相信自己的地里长出了西瓜。

有了第一口井,就有了第二口、第三口……如今,在第一口井的周围,已经有 11 口井了。第一口井打出来之后,这个原来没有一户人家的地方,也陆陆续续住上了人,"六老汉"当然也搬来了。而且,有了这么多的生命之源,人们再也不想背井离乡了。今年,贺中强在银川打工的儿子贺鹏在微信里看到"六老汉"的事迹之后,出于对父亲的崇敬和对故乡的眷恋,毅然放弃了一份待遇优厚的工作,带着妻子张燕芳返回八步沙。父亲快老了,他们决心接替父亲治沙造林。孩子返乡,让贺中强心里很高兴。

沙子是喂养沙漠人心灵的小米,古浪人的眼里也能容得下沙子了。贺中强说:"以前沙子是仇人,现在沙子是朋友,坐在沙子上,总是喜欢用手把沙子抚平,写上一会儿字呢。"在林场 28 年,老贺以沙作纸,写了 20 年字，都快成书法家了。

"六老汉"可不是光会栽树的好老汉，除了练书法的贺中强，还有写诗的郭万刚和吼秦腔的石银山。"六老汉"之外也有能人呢，石银山媳妇任尔菊和程生学媳妇银凤梅送我的两双自己做的鞋垫，就很有艺术性。而在庵门村，我欣赏了由钟长海等六位古浪老调演奏者自编自演的《八步沙六老汉》，曲调甚是欢快，感人肺腑。

八步沙成就了"六老汉"。最近，"六老汉"因为到处巡回演讲而忙得不亦乐乎。我从兰州追到八步沙，又从八步沙追到兰州，才把一个个"大明星"采访完。

不过，八步沙的未来无疑属于未来的"六老汉"。八步沙的沙子也会变成金子。八步沙林场已经开始产业化。郭万刚说，八步沙林场就像一个绿色银行，所积累的资金全部会用于绿色产业。比如，今年流转的 12000 亩土地将全部用来栽种梭梭和嫁接苁蓉。他说的这些已经开始实施，在一片一望无际的沙土地里，我看到了一群人和四台拖拉机热火朝天劳动的场面。在兰州，我向郭玺求证了他告诉记者的一句话："我不知道大海是什么样子，但我们要把八步沙的沙海变成花海。"从今年开始，他们计划在 308 省道旁边种 3000 亩熟菊花，给八步沙造一个花海。郭玺的梦想快成真了。从黄河引水的水渠，已经像一列望不见首尾的火车一样从景泰开进了古浪大地，八步沙大面积的植被完全实现滴灌即将成为现实。

进出八步沙，我不但看到了大片大片压着梭梭和柠条的方草格，还看到了未来的花海微微涌动的波浪。在车子经过的沙滩上，遍地都是已经泛出绿意的灌木，有黄茂柴、沙冰草、沙米、红沙、苦豆草、沙霸王等。这些草木都会在八步沙开花，而沙霸王已经率先露出一种淡黄色的花尖尖儿。因为生态改变，一个生物链正在形成，听说八步沙已经有了老鼠、兔子、野鸡、野猪，当然还有黄羊。至于天上，则有了沙喜鹊和老鹰。一抬头，真的有一只鹰从我的头顶滑过去呢。沙喜鹊此前我不认识，看着它们一只只紧贴着树丛闪电一样地飞，像照相机"咔嚓咔嚓"地鸣叫，不知其为何鸟，才打听了一下它们的名字。沙漠里有沙喜鹊，村镇里多花喜鹊。我在土门镇住了一夜，第二天早上徒步前往八步沙林场时，沿途的树梢、电线上都是喳喳叫的花喜鹊，令人心情愉快。喜鹊报喜，不论是沙喜鹊，还是花喜鹊，它们都是喜鹊，都是亲近八步沙的吉祥鸟。

在"六老汉"的头顶，还飞来了另一只"吉祥鸟"——无人机。我在八步沙采访"六老汉"的时候，一家新媒体的一架无人机也飞临我们头顶，深情地鸟瞰"六老汉"所战斗的"沙场"。看见这架无人机，我才忽然反应过来，之前掠过头顶的那只雄鹰，可能就是被这只陌生的铁鸟儿惊飞的。我真羡慕它们的高度，在高处俯瞰一次眼前的勃勃生机，该是多么惬意的事情！大自然的一只猛禽与人类的一个飞行器在八步沙相遇，这应该是一个历史性事件，因为它们俯视的都是同一个奇迹的发生地，以及八步沙的主人——沙漠之子"六老汉"。

在古浪县城采访时，听县委宣传部的同志说，县上正酝酿在八步沙给"六老汉"立一个青铜群雕，已经从省上请来了一位雕塑家给"六老汉"画了肖像。这一人杰般的待遇，无疑是"六老汉"今世最大的幸福。

对此，我充满期待，一旦青铜的"六老汉"群雕在八步沙落成，我一定要去和古浪人一起向他们致敬。

古尔浪哇的黄羊我没有见到，但我见到了黄羊失而复得的故乡。令人欣慰的是，远去的黄羊正在回望并回归自己的土地。如此，我们是否可以这样认为——在古浪，我们已经开始向大自然归还自己在历史进程中攫取的自然文明？

在大自然面前，平凡的"六老汉"是人类的智者。他们不但给我们挡住了沙漠，还给我们奉献了智慧：若要发展，首先必须生存，而生存下来才能发展。道理就是这么简单。

选自《读者》(原创版)

## 遇见你的茶香——湄潭小记

陈菡英

我承认，有些地方只是因为它的名字，就让人产生了深深的向往，比如湄潭。或许它的名字比它的景色还要吸引人：湄水盈盈，幽深可探，云雾迷蒙，弯环如眉，湄潭因此而得名。

### 绿

满目皆绿，绿得让人心颤。

初识湄潭，她就这样让你和绿撞了个满怀。

湄潭素有"黔北小江南"之美誉。湄江水清凉幽静，撑竹筏荡舟江面，可以一直荡到一个人的前世今生。

湄江是一条美丽的高原河，她是乌江的女儿，沿江两岸山水相依，烟雾霭霭，怡人的景色徐徐展开，就像一个巨大的天然画廊。气势恢宏的峡谷风光倒映在水中，山和水相映，风声与鸟鸣成趣。

湄潭产茶。湄潭的茶树芽叶初展时，绿色的海洋会填满你的双眼。茶海随山坡的走势起伏绵延。这般广大、浩渺的绿，却有一个很柔软的名字："茶海之心"。

所以，来贵州是一定要醉一次的，不是在酒中醉，就是在茶里醉，还有，就是在这深广的绿中醒不过来。在核桃坝村的一个农家，主人为我们端上鲜物——刚刚从河里打上来的新鲜小河鱼，用朝天椒爆炒后红烧，那个鲜香热辣，再配上二十年的茅台陈酿，是独有的贵州味道。三个人在初春微凉的夜晚围坐在一个余温未散的小炉子前，闲聊着细碎的家长里短，如意与不如意，都就着每一口酒菜咽下去，幸福感来得简单又亲切。

### 茶乡故事

湄潭凭水得名，以茶闻名，有一种说法就是"东到杭州喝龙井，西到湄潭品翠芽"。

清明前，正是春茶初摘的时节。到达核桃坝村的第一天，黄昏时分，我们在村里闲逛。村里的小路两旁尽是茶园，随处可见茶农们的身影。他们安静地低头采茶，像山一样沉默，又生生不息。一位阿婆用贵州特有的背扇背着小娃娃，悠闲地在茶园里穿行，娴熟地掐去苔茶上的嫩芽。夕阳的余晖映照在孩子熟睡的小脸蛋儿上，那画面，因为寻常，所以温暖。

村口有一个很大的茶青市场。一天的劳作结束后，茶农们在这里把辛苦采摘的茶青卖给收茶的工厂。一斤茶青6元至10元不等，而大约5斤左右茶青才能制成一斤成茶。三五成群的茶农们背着背篓，兴高采烈地大声交谈着，等待着收茶时间的到来。哨声一响，茶厂的人调好秤，茶农们自动排好队，陆陆续续开始交易。一筐筐新鲜的茶青倒进更大的竹筐里，只一会儿的功夫，茶叶就堆积如山。空了背篓的茶农脸上洋溢着喜悦，人头攒动的市场气氛热烈。

晚上枕着茶香入眠，早上听着鸟鸣起床。清早被茶香牵引着，来到住处后面的山坡上。一场微雨过后，山色更加空蒙。这是一处依山势而建的茶园，新绿在细雨中更加干净，惹人怜爱，被薄雾打湿了翅膀的林鸟，啼声也更加清脆悦耳。

在"茶海之心"的最深处，我们寻到了一个私家茶厂。兴之所至，我跟茶厂的杨师傅学手工炒茶。炒茶是一个修心的工作，炒茶人要全神贯注，在高温烤炙下，一边用手的力道将叶片舒展推直，一边用翻飞的手法将叶片上的绒毛磨光磨平，还得小心不被高温烫坏了手掌。都说"禅茶一味"，这制茶炒茶的过程，谁说不是参禅呢？

选自《读者》（原创版）

# 与树木共存

章天柱　章文源

人类的文明，依赖于和谐而美好的生态环境，而生态环境的主体是森林。

居住在云南鹤庆西山区的白族和彝族群众，自古与山林为伍，与林木并存。

### 终生植树造林

西山人种树，与自己的生命同步。婴儿出生，孩子的父亲要为他种三棵果木树称根基树。婴儿出生三天后，全家人又为他种些竹和花草做纪念，称种三朝。为孩子命名时，取名者得为孩子种十棵松、柏做命名树。待孩子满月那天，孩子的母亲要背上婴儿，到村中的山场种十二棵满月树。到了孩子满周岁，全家人一齐出动，到山场为孩子种周岁树。孩子入学时，孩子要在学校门口种七棵启蒙树。入学次日，老师要带上所有新入学的学生，在校园里各种七棵入学树。到读书毕业时，学友们集体在校园里种些果木树，称谢师树，象征桃李争春，回报师恩。

长大成人了，植树造林的形式更加多姿多彩。若读书外出或参加工作，当事人离家的前一天，要在村口的河堤上，种几株柳树做留念。在外工作的人回乡省亲，得带回些树苗栽种在村中的井、泉处，称种怀（回）

乡树。青年男女结婚举行婚礼当天，一对新人要同种八棵长青（谐亲）树。给亲朋祝寿，主人、客人要一齐栽种长寿树。若遇老人去世，家属和吊唁的亲朋，要在死者的坟墓四周，同种怀念树寄托哀思……

除伴随着人生的生命历程种树为志外，西山人还有好多以植树造林为主题的民族传统节日。立春前的第一个生肖为蛇的日子，人们沿河溪栽插柳树，欢度插柳节。农历正月初八，全村于去年结婚的夫妇汇聚一起，共同栽种一些经济林苗木，称植春节。惊蛰节令日，全村一齐出动，在村中的交通要道两旁，遍种花草，称缀彩节。农历五月十三日，所有妇女汇聚一处，在山村所属地域内栽花种树，称绣山节……

## 别致的护林习俗

西山人不仅终生植树造林，而且保证做到所种林木全部成活。为此，便衍生出一整套保树护林的习俗。

护林，是保护林木茁壮成长的关键。过去，西山人有传统的保苗护林活动，称为护林节。每年冬至节令第一个生肖属虎的日子，是举办护林节的吉日。据传，虎是山神，选虎日过节，万木定会茂盛。是日，各村为阵，村民们穿红着绿，全集中到山林中欢度佳节。

活动仪程分巡山、颂好、封山三个程序。

巡山，由一老歌手饰虎王做导引，带领众人载歌载舞，巡视本村林区。巡视时，虎王与众人对歌，一问一答，传授育苗、管理、护林、防火等有关知识。同时，人们伴歌劳作，为林木修枝、松土、除草、灭害、采集种实……劳动与娱乐相结合，既解除了劳累，又传授了知识。

颂好，即表彰本年度在植树育林和护林工作中有贡献的人。候选人由村民提名，被提名者以唱山歌的形式，介绍各自的先进事迹。他们在自我介绍中，人们可以"插歌"盘问其植树的措施和经验。通过众人公认，便当选为护林"模范"和"范长"。众人给"模范"赠送各种优良树种作为奖励，并讴歌祝贺。"模范"则当众选一块林地，作为自己的义务护林责任区。从当选"模范"起，他(她)就是这块林地的义务护林员。这时，"虎王"则把一面绣有老虎图案的彩旗交给公选出的"范长"，由他担任本年度的护林总指挥，虎旗便是护林发号施令的标志。

封山，举行过颂好活动，在"范长"的指挥下，"模范"们各带一伙青年男女，把所有进入林区的道路用树枝、刺藤封堵，并在封堵处栽一棵刻有封山"禁令"的树桩。从此，任何人不得进林区放牧、砍伐，直至来年清明节举行过"开山"仪式后，林区方恢复"开放"。

除以上护林、封山节日外，西山区还有立春日以除残枝败叶、追肥、浇水促树成长的催春节，立夏日灭虫害护林保苗的驱害节，中秋日交换良种的赛宝节，冬至日巡山检查火患的走山节……

## 绿化与歌

"打歌"是一种诗、歌和舞相结合的原始艺术形式。"打歌"时，人们在歌场中心烧一堆篝火，众人环火一问一答踏歌而乐。关于"打歌"的由来，民间还有一个美丽的传说。

据传，亘古时代，人间本没有歌舞。蜜蜂仙子同情人类，就从天宫中背来九斗九升歌种，飞遍天下传播歌种。她从春播到夏，从秋播到冬，年复一年，把歌种播遍山山水水、千村万寨。从此，天地间有了歌。当蜜蜂仙子飞到洱源西山时，她已九千九百岁，再也没法飞播歌种了，便把剩下的歌种全部播撒在洱源西山。因此，这里流传的歌最多，人人都能"打歌"。鹤庆西山区没有歌种，便派一只猎狗到洱源西山去讨歌种。

洱源的歌种已生根长成了大歌树，猎狗只好刨了几棵歌树回乡，交给人们栽种。人们刚把树栽下，树叶便唱起歌，树枝便摇摆着跳起了舞。人们便边栽树边仿照歌树又唱又舞。从此，便传下了边种树边"打歌"的习俗。这一天，树越种越多，歌也越唱越甜。

　　人们在举办植树歌舞活动时，有时是以家庭为单位，有时是以家族为单位，有时是以群落为单位，这样，西山就出现了面积大小不等的"林阵"。来到西山，你会看到那么多高大、茂密而又列队整齐的"林阵"，像层层叠叠的绿色的云，把西山装点成一个浓绿的天地。

　　植树、护林与歌舞活动相融，这是西山人的一种独特的民俗文化，以歌舞活动为载体，把绿化、美化世代传承！

选自《读者》（乡土人文版）

# 印象野三坡

曲宝军

## 山水中的感悟

对中国人来说，太行山、燕山是两座鼎鼎有名的大山，而野三坡，就在这两座山的交会处。太行山从这里千里南下，跨过华北平原，尽览中原大地；燕山则从这里一路东行，北障京畿，东接瀚海。野三坡位于两山的护翼之下，恬静，安详。野三坡地形中，更常见的是坡。在当地百姓看来，它更像是一条没有起点也没有尽头的坡路，前不见头，后不见尾。

在野三坡，有各种各样的水，河、瀑、泉、溪统统包罗。山中最有名的是拒马河，"滋范阳千种树，润上古万顷田"，为野三坡的母亲河。河水绕过一道道坡梁，形成了一道道飞瀑，奔涌出一眼眼的清泉。

西晋时期，名将刘琨以拒马河为天险，成功地阻挡了敌人的铁骑南渡中原，所以得名"拒马"。他的好友——诞生在这里的祖逖，留下过"闻鸡起舞""中流击楫"的传说。

祖逖去世 100 年后，这里又诞生了一位多才多艺的文化巨星——祖冲之。除圆周率、《大明历》外，祖冲之还留下过一部小说《述异记》。

要说起传说，不能不提的是 5000 年前，就在这片山水之间，黄帝与蚩尤殊死一战，开创了华夏文明之基。

"险胜千重，固若金汤"，当我们无意间看到古代戍边士兵镌刻的誓言，会猛然发现，这里原来也是护卫京畿的重镇。明成祖时期修建的万里长城依然在山岭上蜿蜒，"两山壁立青霄近，一水中行白练飞"的龙门天关依然壁立千仞。

要看山水胜景，野三坡也不会让人失望。

宽不过数米、狭仅容半步的百里峡风景区，百余华里的冲蚀嶂谷成为举世罕见的地质博物馆。

原始森林遮天蔽日的白草畔风景区，海拔 2000 米的山顶也有如茵的草原、盛开的花海。

## 大山也多情

在野三坡，随处可见的都是山。重重叠叠的山，郁郁葱葱的山，刀削斧劈般的山，还有舒缓连绵的山。

野三坡的山很老了，老得那崖壁上都长出了皱纹，老得居住在它身边的人们已说不上它的年龄。

野三坡的山很年轻，每一年，它的身上都会长出新的嫩绿的叶子，开出新的娇艳的花儿。

野三坡的山很深情，雄浑中有苍凉，俊秀中有悲壮。

春天来了，野三坡的山像一个含羞带笑的小姑娘，挎着一只装满春意的竹篮，蹦蹦跳跳地走向前来。竹篮里装满了满山如雪的山桃花，装满了满坡耀眼的翠绿，装满了从崖缝里迸出的点点生机，装满了人们冬去春来满怀的欣喜。

夏天来了，野三坡的山像一个青春靓丽的女郎，摇动着炫目的身姿，带着一股清凉如风般地掠来。崖壁间满目的海棠在摇曳,片片粉红晃乱了双眼;山顶飞流而下的瀑布在摇曳,一条条银练打湿了发梢和双肩;漫山遍野的林海在摇曳,阵阵涛声如惊雷在呐喊;山头掠过的朵朵白云在摇曳,像洁白的哈达传送着上天对人间的祝愿。

秋风吹过,野三坡的山一下子变得肃然起来,从懵懂无知的少年成了一个成熟稳重的绅士。山间的金黄与山脚的翠绿相辉映,似乎是在诠释着年华易老的人生无奈;山头的银白与山脊的火红相辉映,又像是一个老人和自己的孩子在述说着繁华人间的诸多感慨。但山顶的平台上,却偏偏还有众多的花儿在竞相怒放,层层枯萎又层层盛开,像是对命运的挑战,又像是在群山之巅抵挡着寒冬的到来。

但冬天还是来了,野三坡的山也脱去了往日的荣华,用一副饱经沧桑的面孔伫立着,如一位已阅尽人事的长者,慈爱的目光是一种爱抚,更是一种期待。风在草丛中穿行,草在寒风中舞动,已经收获了一年的人们在自家的屋中品着茶,憧憬着明年更好的收成。待一场飞雪过后,群山万壑银装素裹,虽掩起了昔日的灿烂,却换之以遍野的光芒。而积雪下,那不时闪现的葱翠的松针柏叶,则像是在热情地呼唤着不远的将来又一个明媚的春天。

野三坡的山,一副铮铮的傲骨,却透着万种的柔情。走在山脚,群山环抱中是温情的宁静;站在山头,风起云涌里是激情的冲动。

水的遐思

野三坡的水,如一个美丽的山村少女,穿一身花布衫,披一头黑长发,挎一个小竹篮,带着山野的气息款款而来。

那水奔淌于山岭之中,便蜿蜒成了风光旖旎的拒马河。清澈的河水携着远山的冲动，携着不可一世的放纵，冲开雄浑，斩断高耸，在崇山峻岭中一路奔行。两岸绿草如茵，丛林森森，河中野鸭嬉戏，灰鹳飞掠，骄傲的清流却不曾有丝毫停顿。

那水腾泻于山岭之中，便倾汇成一道道飞天而落的银练。看百里峡的一线银河，万仞碧翠中玉带飘摇；看龙门天关的天梯之侧，绝壁之间滚滚激流轰然垂落。站在那细雨舞动之中，脸上沾染的是轻柔又略带粗野的爱抚，耳畔飞扬的是悄然又饱含热烈的情歌。

那水辗转于山岭之中，便悄无声息地涌成了一眼眼泉。林海之中、幽径之旁。不论山巅崖壁，或是巨石崚嶒，水只是缓缓地、旁若无人地涌着，任身边花儿含笑、鸟儿啁啾。泉水只是悄然奔涌着天地酿造的纯净与甘醇。

野三坡的水是一种召唤，是山野与自然的召唤。

野三坡的水是一种渴望，是纵情与自由的渴望。

赤足而来，踩一脚那柔软的河沙；敞怀而来，沐一身那轻拂的细雨。再掬一捧那天地孕育的甘泉，你会觉得人与山是如此亲切，山与水是如此和谐。

野三坡的水是如此让人魂牵梦萦。

野三坡的水是轻盈的，是灵性的，是这漫漫山野孕育的天然和清纯。

野三坡的水荡涤肺腑、荡涤心灵，随波而逝的是人间的烦恼，随波而生的是天地与自然交织的深情。

选自《读者》（乡土人文版）

## 一滴眼泪落在阿尔山

安 宁

还在前往阿尔山的路上,便有一种进入人间仙境的恍惚。道路上人烟稀少,只有乘坐的大巴在阳光下耀眼的雪地上发出寂寞的声响。

两边是绵延不绝的森林,因为相隔遥远,所有的树木看上去便如灰黑色的粗硬的头发,生长在高低起伏的群山之上。这里是大兴安岭西南山麓的一部分。这粗犷壮阔、横亘于中国东北西南角的原始森林,总让人想起开天辟地的盘古。《山海经》里最早记录的颇似盘古雏形的人脸蛇身的神怪——烛龙,恰好也生长在北方的极寒天地中。这伟大的盘古之神,历经一万八千年,终于劈开混沌,而他自己却累倒在地。其后,他身体的每一个部分都化为苍茫的天地:"气成风云,声为雷霆,左眼为日,右眼为月,四肢五体为四极五岳,血液为江河,筋脉为地理,肌肤为田土,发髭为星辰,皮毛为草木,齿骨为金石,精髓为珠玉,汗流为雨泽,身之诸虫因风所感,化为黎甿。"

盘古身体上攀爬的虫子化为黎民百姓。可见宇宙之中,日月星辰、草木金石、江河五岳,皆比我们人类更为长久永恒。

在这个星球上,人类出现至今不过600万年,可是与恐龙同时代的蜜蜂、虱子、蟑螂、海龟、龙虾,至今依然生生不息。但当我站在高处,注视着被群山包围、积雪覆盖的阿尔山,注视着这个犹如一滴圣洁的眼泪一样的小镇，依然被在酷寒中认真生活的人们所打动。风从更为遥远的西伯利亚吹来，又被厚厚的落叶松、樟子松、云杉、白桦阻挡并过滤。当它们抵达这座小城时，便放慢了脚步，停止了呼啸。它们甚至不忍心拂去树梢的雾凇。于是，阳光下的风几乎消失了痕迹。人们只有在肥胖的喜鹊在林间啄食草籽的时候，会看到风轻轻拂过它们的羽毛；或者在明亮洁净的阳光下，看到被积雪几乎全部掩盖的草尖，正耸着单薄瘦削的身体，在风中发出轻微的颤抖。

大巴车停下，将人们放在小城边上，便继续前行。人拉着行李在雪地上向前，走了很久依然见不到人烟，会有一种与世隔绝的感觉。但这样的隔绝并不会让人觉得恐慌。时间仿佛在此凝固，这里化为极昼，阳光穿越厚厚的冰层，努力温暖着人间。生命可达数千年的云杉与拥有几百年寿命的白桦，以及在世不过百年的人类，共同栖息在这片高寒的大地上。天空是让人忧伤的蓝，那里空无一物，却又似乎囊括了人间的一切哀愁与欢乐。就在与天空一样散发出蓝色光芒的雪地上，无数匹马，正将温热健壮的身体探入大地，寻找睡梦中的牧草。

在一年长达七个月的冬天里，阿尔山有着不再被游客打扰的宁静舒缓的节奏。这时的森林、火山、温泉、湿地、湖泊，重新归于居住在这里的人们。一切都在沉睡，一切又似乎苏醒了，以一种纯净的、梦幻般的色泽苏醒。素白的山林将这个小城装扮成童话王国，赶马车的人在大街上响亮地甩着鞭子，"啪嗒啪嗒"地走过。马和人口中呼出的热气很快凝结成冰，连同悬浮的尘埃一起冻住。

沿着住处左侧的小路一直向上走，来到高处，会看到许多散落在山脚下的人家的院子。一只狗不知从谁家突然蹿出，看到来人，并没有狂吠，而是友好地歪着脑袋，等待那人小心翼翼地走近自己。家家户户的屋檐都被积雪覆盖，木头栅栏围起的院子便像一个个小小的白色城堡。

就在这热气腾腾的城堡里，女人们正为一顿丰盛的午餐忙碌不休。继续向小巷的深处漫游，会听到刀与案板在热情地跳着踢踏舞。这是元宵节之前的小城，人们依然沉浸在过年的喜庆里。游客们的到来还遥遥无期，除了牛、羊、马群，人们只需要为家人的一日三餐忙碌。

有白胖的女人走出门来，隔着低矮的栅栏，微笑着跟邻院的女人说话。栅栏上倒挂着一只奶桶，一双破旧的牛皮靴正立在两块木头中间仿佛在思考人生，红色的鞭炮碎屑星星点点地洒落在木桩上。再有一场大雪，或许连这些琐碎、日常的事物也会一同消融在无边的白色之中。这些隐匿在高楼大厦背后的古老村落，这些与森林山脉自然相接的小小庭院，这些悄然消失在积雪中的妇人的絮语，让我恍若在虚幻的梦中游荡。

在阿尔山，乡村与城市、森林与草原、群山与平原、湖泊与河流，和谐有序地交织在一起，仿佛树木的年轮，自由自在，无拘无束，却又遵循着自然的法则。马群在山脊上游荡，红色的马鬃在阳光下闪闪发亮，犹如燃烧的火焰。森林包裹着这一束束火焰，在白茫茫的大地上，向着天空无尽地生长。它们与林中赶马的人、空中翱翔的鸟儿、庭院里传出的轻微的咳嗽声，共同构成人间的某个部分——彼此依赖又相互敬畏的部分。

万物有灵，阿尔山的温泉——这从地下汩汩流出的温热水流，也一定汲取了天地日月的精华，具有了某种神秘的力量。当它们流经我年轻羞涩的身体，流经光洁圆润的石子，流经赤身裸体坐在一起说说笑笑的年轻女人和那些佝偻的老妇身旁，一种源自森林雾霭般的清新的水汽，瞬间缭绕在我周围。就在这清澈的泉水中,我第一次发现了人类身体的美。这不染尘埃、不着一物的身体如此洁净，似乎，它生来就属于生机勃勃的山野。

  就在这座圣洁的小城里，一粒种子偶然间植入我的身体。她历经十月，平安抵达这个尘世。我为她取名阿尔姗娜（蒙古语"阿尔山"的汉语音译，意为"圣洁的泉水"），因为我曾途经这里，体验过蓝天、雪山、森林、马群猝然相接时的动人心弦，也看到过一滴晶莹的泪珠镶嵌在群山之间。风吹过大地，却不曾留下锋利的刮痕，一只鸟儿扇动着翅膀，掠过冰封的湖面。在这人迹罕至的酷寒之中，却处处都是生命的跃动：这与广袤自然和谐交融的生命，这弥足珍贵并在宇宙中留下过往印记的生命，这与天地日月一样永恒不息的生命。

选自《读者》（原创版）2021年3期

## 树是村庄的历史

李星涛

一到夏天，在淮北平原上，你是很难一眼就看见村庄的。但要想找到村庄，又异常容易。你只要看见麦海中有高低错落的绿云卧着，那里面肯定就会藏着一座温暖的村庄。

也许是先前淮水常常泛滥侵略村庄的缘故吧，淮北平原上的村庄大都建在土筑的台子上。台子的前前后后、上上下下，自然就成了树的沃土。平原上，树的种类很多，有槐树、椿树、榆树、枣树……这些树木环立在村庄周围，高高低低，胖胖瘦瘦，全然没有了独立的形象。树冠深深浅浅，交错重叠，在村庄上空撑起朵朵绿云，藏犬吠于深巷，匿鸡鸣于树梢。世界上再没有什么比树更忠诚的了。自植下去的那天起，树就默默地守候着村子，以自然的方式，渐渐融进村庄的生活。用叶，用花，用果，用枝条，为父老乡亲们报告着不同的节气。而村里的父老乡亲也就会根据树身上发生的变化，及时安排好不同的农活。树是季节的预报，是有形的谚语，是一个村庄的见证，是一个村庄历史的记录，当然也包括村庄的爱情。

村庄周围栽什么树是有一定讲究的。门前是不栽桑树的，只栽槐树、榆树、枣树。"桑"与"丧"同音，听起来不吉利；槐乃"怀"的谐音，寓意孩子幼时平安生长，始终在亲人的怀里；"榆"暗喻家庭过日子五谷丰登，年年有余；"枣"隐指门庭兴旺，早得贵子。另外，房屋的周围也是不栽柳树的，"柳"乃"留恋"之意，父母怕孩子长大以后贪恋家园，没有出外闯天下的雄心壮志。

别看树木那么高大，可以把村庄抱在怀里，可在人们眼里，它们也是庄稼。庄稼需要施肥、灌溉、松土，树木也需要种植、修剪、捉虫；庄稼要拔节、扬花、抽穗，树木也要分枝、开花、结果。庄稼当中生长期最长的要数小麦，小麦做出的饭食自然就会备受人们的青睐；树木当中长得最慢的要数槐树、枣树，它们的木质也是同类当中的精品。家里的八仙桌往往是枣树的边框，槐树的桌子用桐油一刷，亮光闪闪，叩之铿锵，有金属之音。家里来了贵客，八仙桌子一抹一摆，多大的脸面！庄稼和树木，虽然一个属于草本，一个属于木本，但它们都属于村庄，都是乡亲们放在汗水里养着的庄稼，只是树木收获的时间比庄稼长一些罢了。前人栽树，后人乘凉。倘若不是谁家遇到急事，这些房前屋后的树木是不会轻易被伐倒的。它们站立时间的长短，不仅意味着这家人家道的兴旺程度，也暗示着这个村庄历史的长短。

树虽然是村子的庄稼，但这庄稼所包含的物质成分较少，而属于精神的成分居多。在乡亲们的眼里，那些长得慢的树，都是身边一些踏踏实实干活的人；那些像白杨树一样浮浮躁躁的人，即便在很短的时间就成材了，但他们依然会被列入轻浮的行列中去，因为他们禁不住自然界的风雨，更禁不起时间的考验。从一棵棵树上，人们读到的不仅仅是节气，还有人的性格。枣树身上可以读到坚硬，槐树身上可以读到刚强，柳树身上可以读到柔情，香椿树身上可以读到清朗……家乡的父老乡亲虽然无法用语言来表达这种感觉，但在实际生活中，他们已经实实在在地体验到了。他们只要看看一棵树年轮的疏密程度，便可以断定这棵树在人世间的价值了。平日里，倘若再看见这种树在风中"哗哗"地喧嚣，他们也就不会再被这些花言巧语所迷惑了。

我们做孩子的，也常常会顺着树干爬上去，像果子一样结在枝丫间。看到远处飞翔的鸟被吸进绿荫，我们会想到大树上鸟儿们的生活；看到鸟儿们搭在树梢上的精致的窝，我们会想到自己家温暖的草屋；看到树上空的蓝天白云、日月星辰，我们会想到自己也正在像树一样，一天天长高，一步步去接近天空。无形中，树用叶、花、果实，用这些世界上最具感染力的语言，完成了对我们最初的启蒙。从树上走下来的我们，永远都会记住这些站在记忆里的树，就是长大以后远离了故乡，我们也会在梦中找到这些站在门前的树，然后再顺着它们，找到自己，找到父母，找到一丛丛永远也挣脱不了的扎进黄土深层的根系。

村庄，树怀中揣着的美梦；树木，村庄呵护着的庄稼。树荫下走出的我们，手指上结满了果实，我们属于村庄的一棵棵会走动的树。

选自《读者》（乡土人文版）

## 长得慢的植物

李星涛

在农村生活了20多年,我认识了许多长得慢的植物。

庄稼中,长得最慢的是小麦。水稻是夏收过后,才从温床起身走进水田的,到了中秋便寿终正寝躺在打谷场上了。算起来,水稻生长的季节只有半个夏天和半个秋天。与水稻的成长轨迹大致相同的还有棉花。至于玉米、大豆、高粱、绿豆、豇豆、杂豆、甘薯……这些生长在平原上的作物,它们一辈子既没有见过春天,也没有见过冬天,就像是日子被掐掉了两头只剩下中间一样,它们好像全是在阳光下长大的。平原上只有小麦才完整地经历了四季。

"白露早,寒露迟,秋分种麦正当时。"可以这样说,小麦是脸迎着寒霜发芽,头顶着大雪等待,身浴着春雨拔节,脚踩着酷热扬花灌浆。在这漫长的过程中,有萧瑟和寒霜的虐杀,有凛冽冰雪的侵袭,有和风雨露的沐浴,有炎热疾雨的拷打。萌芽的苦难、等候的煎熬、沐浴的幸福、成熟的艰难……麦子饱尝了季节的酸甜苦辣,经历了一个生命的起始轮回。也正是因为如此,麦子才孕育出了其他庄稼所没有的成分,成为我们餐桌上的主食。

平原上也有一大群长得慢的和长得快的树。一般说来,人们都喜欢将长得快的树种植在离家远一些的地方,却将长得慢的树偏心地种在屋前院后，能看出人们对长得慢的树木的喜爱。

　　平原上长得快的树有白杨、柳树、枫杨、臭椿、法桐……这些急性子的树中，数白杨长得最快，往往三五年即可成材。所以，它离家也最远，大都在野外。在五河老家，按照长得慢的树的顺序依次排下去，那队列应该是这样的：枣树、槐树、桑树、楝树、榆树、香椿树……这些树倘若没有10年以上的树龄，是根本看不上眼的，也根本舍不得砍伐，除非哪家遇到了天灾人祸，或者后代是败家子。槐树和香椿树这两种树，在乡下常常是被选择做寿棺用的。所以，家乡人有一个习惯：这边成家立业以后，马上就在院子里或台子上种植几棵槐树和香椿树，以备百年或者家道败落时使用。

　　树的年龄是轻易不给人看的。让人看到的时候，也就是树死了的时候。当年轮清晰地展现出来时，我们就会明白长得慢的树和长得快的树到底是如何收藏各自经过的岁月的。白杨的年轮颜色较淡，间距较宽，木质较疏松，常被用来造纸，或者锯成薄片，做简易工棚的搭板和建筑工地上的扣板。只有贫穷的人家才会选上几根挺直的，作为新房靠近房檐的橡梁用。枣树和槐树的年轮一圈挨着一圈，就像是圆规画出的那么匀称。枣树纵向剖开的木板上，还可看出年轮上抛出的密集的紫红色弧线，宛如早晨太阳刚冒出的一弯眉红。父亲喜欢用枣木做边框，香椿木做膛子，槐木做腿子，为我家几个姊妹做当嫁妆的大桌子。大桌子做好以后，刷上三遍桐油，再用细砂纸打磨几遍，便油光闪亮，四平八稳。枣木的边框，"固若金汤"，叩之，有紫铜的声韵。香椿木的膛子，清香扑鼻，暗红的颜色，一片吉祥如意。槐木的腿子，四根擎天铁柱，任彪形壮汉左右摇晃，也纹丝不动。家里来了客人，父亲将其当门摆开，端上鱼肉，饮酒闲话，那场面是多么古朴、传统、典雅、排场。只可惜，父亲为姊妹五人每人打了一张大桌，可临到他百年的时候，却没有槐树和香椿树可伐，只好睡进了一口用枫杨木做的棺材。

　　上周末回家，我村前村后转了一趟。我发现，家乡的建筑虽然变高了，但楼前楼后所种的树种还和过去是一个样子，长得慢的多，长得快的少。母亲月月给我送到城里的面粉，还是用田里长得最慢的小麦磨成的。树木和小麦的生长规律还和过去一样，依然按照自己的生活节奏存在着。市侩的人只能凭激素让鸡、鸭、鱼、猪长快，让豆芽、西红柿长快，甚至还可以让一个个孩子长快。我并不反对长得快的植物，但我坚决反对违背自然规律的做法。我想，只要我们细细品味一下真正的小麦饼，就一定会品尝到蛋白质以外的东西；只要我们仔细观察一下长得慢的树木的年轮，就一定会听到那密集的木质深处传来的风雨之声。也正因为如此，我以为有些事物还是慢一些才好。我这样的心境，并不是我的年龄造成的。找才 36 岁，属马，离老应该还有一段时日。

选自《读者》（乡土人文版）

## 我要和沙漠较量

赵明宇

女人的性子犟,非要嫁给住在沙漠边缘的男人。

出嫁那一天,婚车沿着曲曲折折的小路,从日出走到日落。女人一下婚车就被惊呆了,旷野上只有一座低矮的土房子,环顾四周,茫茫沙海,满目苍黄,摇曳着稀稀疏疏的几棵篙草。这就是自己的家吗?女人的心一紧,脑海里比眼前的沙漠还要空旷。

院里有一头猪,一群羊,打量着陌生的新主人。

晚上睡觉的时候,男人把一把铁锨放在门后。女人疑惑地望着男人,男人没说话,送给女人一个神秘的微笑。

夜里刮起了大风,风卷起沙尘,魔鬼一样呼啸着,像鬼哭,像狼嚎。女人没有见过鬼,也没有见过狼,却再也想不出比鬼和狼还要残酷的词来形容。女人用被子蒙上了头,铁了心,熬到天亮,要逃离这个地方。天亮了,风也停了。女人去开门,吓了一跳,门被沙子堵上了,像是被埋进了地窖。男人不急,拿起铁锨一阵忙活,挖洞一样把门挖开了。女人到院里一看,院里变了模样,堆起一个小山一样的沙丘。

天啊,这还是昨天看到的那个家?!屋后的沙子堆得和房檐一样高,猪踩着沙子,上到了房顶。

女人哭了:"这鬼地方,咋过啊?"男人说:"你后悔了,还来得及,现在就可以走。"

女人看男人一眼，犟劲儿又来了，她说："我要和沙漠较量。"

男人被吓了一跳，他说："祖祖辈辈都是这样过的，你还想咋？"

女人说："种树。"

男人说："沙漠里面种树，你疯了吧？"

女人真的疯了，她把猪卖了，又卖了几只羊，换回一捆捆树苗。女人找一辆架子车，带上水和食物，拉着树苗走向沙漠深处。

男人来帮她，搭起小帐篷，挖一个坑，又挖一个坑，把树苗的根部装到塑料袋里面，浇上水，然后填沙，踩实。

夜里下大雨，女人想，树苗该成活了。一阵大风，帐篷被刮得像断线的风筝一样，上天了。雷电一闪，女人抱紧了男人的肩膀，瑟瑟发抖，像一只受惊的羔羊，任凭雨水冲刷。刚栽下的树苗被雨水冲走了，她被淋病了，欲哭无泪，发誓再也不种树了。

向家走，脚下一蓬绿色。女人问男人："这是啥？"男人说："是沙柳，沙漠里的柳树，三年砍一次，把根留下，来年长得更壮。"她是看不起柳树的，家乡的柳树柔柔弱弱，像个娇气的女人，而沙漠里的柳树却是越挫越勇，如此的顽强，让她肃然起敬。

她转过身又向沙漠深处走，男人跟在后面，喊着她的名字。她没有回头，而是把被雨水冲走的树苗捡回来，重新栽好。

女人回娘家借了一笔钱，全买成树苗栽进沙漠里。树苗发芽了，绿色的小脑袋在风中摇晃着。女人笑了，把家安到了沙漠深处，承包了3000亩沙漠。

女人到城里找朋友贷款。朋友说："你疯了？把钱扔到沙漠里，会血本无归的！"

女人说:"我才不疯呢,我这一辈子不能被沙漠折磨死。"

女人白白嫩嫩的皮肤被风沙打磨得粗粗糙糙,手掌像树皮。她的房子已被浓阴簇拥,房前有池塘,养着一群鸡、一群鸭,房后是郁郁葱葱的苗木基地。

她还鼓励别人种树,一片绿和一片绿连接起来,绿色在一点点延伸。

有人来到内蒙古鄂尔多斯市乌审旗,见到了这位治沙英雄。当问她栽了多少树时,这个黑黑瘦瘦的农家女人指指身后的森林,憨厚地笑着说:"数不清了,也没有数过。"

这个女人名叫殷玉珍。

选自《读者》(乡土人文版)2012年第1期

## 祁连山下，碧草如茵

明月出天山，苍茫云海间。
长风几万里，吹度玉门关。
……

循着李白这豪迈的诗篇，穿过风光旖旎的河湟谷地，走过满目金黄的油菜花海，一路向西，来到位于河西走廊中部的张掖，一条横亘在甘肃省和青海省之间的巨大山脉，始终如影相随，在云雾缭绕之间绵延起伏，闪烁着神秘的光芒。

让我们做一个试验，或许会让你对这条山脉有更清晰的认识：翻开中国地形图，仔细观察，在图上先后用笔勾勒出青藏高原、内蒙古高原、黄土高原的位置轮廓，无论你从哪里画起、在哪里停笔，位于三大高原交会处那条绵延近千公里的山脉，都会出现在你的视线之内，它就是被古匈奴称为"天山"的"祁连山"。

对于整个中国来说，无论是在流淌千年的历史长河中，还是在人类文明的交流碰撞中，抑或是在绿水青山的生态画卷里，祁连山都始终占据着举足轻重的地位。

曾有学者这样评价："祁连山对中国最大的贡献，不仅是河西走廊，不仅是丝绸之路，不仅是引来了宗教、送来了玉石，更重要的是祁连山用它造就和养育的冰川、河流与绿洲做垫脚石和桥梁，让中国的政治和文化渡过了中国西北浩瀚的沙漠，与新疆的天山握手相接了，中国人在祁连山的护卫下走向了天山和帕米尔高原。张掖之名是取'断匈奴之臂，张中国之掖'之意。河西走廊就是中国之臂，它为中国拽回了一个新疆。没有祁连山，就没有河西走廊；没有河西走廊，就没有了新疆。这就是祁连山的意义。"

　　生物多样性是人类赖以生存和发展的基础。千百年来，独特的地形和特殊的环境赋予祁连山神圣而重大的历史使命。在水平地带性和垂直地带性的双重控制下，东西绵延近千公里，平均海拔4000米以上，面积约2062平方公里的祁连山，呈现出千姿百态的景观变化，冰川雪山、森林草原、河流沼泽、湖泊湿地绝妙地融合在一起，共同构成一个复杂完整的复合生态系统，不仅衍生出众多山地特有物种，也为古老物种提供了天然庇护场所，更是我国生物多样性保护优先区域。

　　在来自太平洋季风的吹拂下，身居内陆、远离海洋的祁连山，如同伸进西北干旱区的一座湿岛，滋润了河西走廊的一个个绿洲和城市，构筑起我国西北地区不可替代的生态安全屏障。

　　千里河西，巍巍祁连。如果把身躯伟岸的祁连山比作庇护河西走廊万物的"父亲山"，那么，对于生活在河西走廊的张掖人民来说，奔流不息的黑河就是哺育张掖大地的"母亲河"。

　　水从祁连来。作为山地贮水供水的中心，祁连山共有冰川3306条，储水量达1320亿立方米。茂密的森林涵养了冰川雪峰，来自祁连山的冰川融水，成为黑河、石羊河、疏勒河三大内陆河的源头，滋润、灌溉着河西大地的片片绿洲。而在这三大水系中，全长821公里、流域面积约14.29万平方公里的黑河，是中国西北地区第二大内陆河，也是甘肃省最大的内陆河。黑河，古称"弱水"，源于祁连山中段走廊的八一冰川。从雪峰之上一路奔涌而下的黑河水，流过鹰落峡，依次纳入山丹河、梨园河、摆浪河、洪水河等支流后，源源不断地流进了张掖大地，流泻在河西沃土，神奇地在戈壁深处点化出大片湿地奇景，也造就了张掖"塞上江南"的美誉。

"不望祁连山顶雪，错将张掖当江南。"

自古以来，处于黑河冲积扇形成的三角洲之上的张掖，就有"桑麻之地、鱼米之乡"的美称。倘若不是亲自来到这里，你很难想象张掖的富庶和繁荣。这里地势平坦，土壤肥沃，草木兴盛，物产丰饶。从古代诗词当中，我们仍可感知这片"天下称富庶者无如陇右"的土地："弱水西流接汉边，绿杨荫里系渔船。"这写的是弱水河畔的景致；"两行高柳沙淀暗，一派平湖水稻香。紫燕衔泥穿曲巷，白鸥冲雨过横塘。"这写的是高台种植水稻的景色；"甘州城北水云乡，每至秋深一望黄。穗老连畴多秀色，实繁隔陇有余香。"这写的是甘州城北的乌江稻田。西北内陆本不适宜种稻，但从溪流潺潺的张掖出产的乌江米，却晶莹剔透、品质优良，曾在历史上被列为贡米。亘古以来，生态兴则文明兴，这是不变的真理。

从远古到今天，在张掖这片绿洲之上，正因为有了祁连山的庇护和黑河的润泽，人类文明交流的足迹不断延伸，绿色和文明始终相伴同行。

回望历史，一碧万顷的大马营草原之上，骠骑将军霍去病创建了世界上历史最悠久、规模最大的山丹军马场；葱郁青翠的马蹄山上，隐士郭瑀带着弟子凿刻出佛教造像的圣地，成为河西走廊上儒家与佛教两大文明交汇的见证；草木葱茏的焉支山下，隋炀帝杨广开启了史无前例、令人瞩目的"世界博览会"之先河；水草丰美的夏日塔拉草原上，至今还流传着裕固族人极具特色的民族文化；林木茂盛的祁连山中，清朝官员苏阿宁用万斤生铁铸成封山圣碑,立于黑河源头八宝山川,以警示遏止砍伐树木,成为中国历史上第一个提出保护黑河源并付诸实践的官员……

环顾当下,生态建设,早已成为张掖可持续发展战略的重要举措之一。从 2000 年起,张掖就掀起了一场农业节水的"自我革命";2001 年,张掖成为我国第一个节水型社会试点地区;2008 年,张掖将城郊湿地纳入城市建设总体规划,相继修建了张掖国家湿地公园、张掖国家城市湿地公园、高台黑河湿地公园、甘州滨河生态新区、高台黑河湿地新区等系列工程,有效促进了黑河流域中上游湿地生态系统的保护和恢复,区域生态得到明显改善;党的十八大以来,在"绿水青山就是金山银山"的理念指引下,张掖走出了一条思考、探索、创新并取得实效的生态发展之路、文旅转型之路。

祁连山下,碧草如茵。珍视、呵护这片绿色,是今天张掖人的选择和坚守。"要像保护眼睛一样,保护祁连山的一草一木",作为祁连山生态环境整治、保护与修复的主战场,近年来张掖市不断加强生态文明建设的定力,加大祁连山环境保护力度,积极探索以生态优先、绿色发展为导向的高质量发展之路,紧抓祁连山国家公园体制试点机遇,谋划实施了总规模 200 万亩、总投资 55 亿元的祁连山国家公园和黑河生态带、交通大林带、城市绿化带"一园三带"造林绿化示范建设,在全省率先建成投用以卫星遥感技术运用为主体的"一库八网三平台"生态环保信息监控系统,组织实施蓝天、碧水、净土三大保卫战,举全市之力开展集中整治攻坚行动,并取得了显著成效。

有这样一组数据,或许最能直观地反映出张掖人民坚决打赢这场祁连山生态环境整治攻坚战的决心和信心:2017 年,祁连山核心区 149 户

484人已全部搬出并妥善安置，95.5万亩草原实施禁牧，3.06万头（只）牲畜出售或转移到保护区外舍饲养殖；2018年，"一园三带"完成人工造林31.1万亩，带动全市完成大规模国土绿化面积50.8万亩，是前三年人工造林面积总和的1.16倍；2019年，计划国土绿化营造林总面积56万亩。截至目前，保护区范围内334项生态环境问题全部整改销号，117项探采矿项目全部关停，77项矿业权全部退出，26座水电站全面完成现场整治，7座水电站已全部关停退出，3项旅游项目全部拆除设施，1571万亩草原实施禁牧，342.59万亩林草"一地两证"问题得到稳妥解决，179项祁连山生态环境问题全部完成现场整治任务……祁连山生态环境已进入全面修复保护、全面巩固提升、全域监测监管的新阶段，曾经受伤的祁连山，正在重现美丽的风姿。

如今，中国已经迈向了绿色发展的新时代。在推进生态文明建设的大旗下，张掖的生态屏障作用愈加显现，"一山一水一古城"的城市名片，正在为这片古老的绿洲注入新的发展活力。

今天的张掖，已是坐落在祁连山国家级自然保护区、张掖黑河湿地国家级自然保护区两个国家级自然保护区之上的城市，被誉为山青、水秀、天蓝、地绿的"塞上江南"，宜居、宜游、宜学的"湿地之城"，明净、清新、亮丽的"清凉之都"，文明、和谐、繁荣的"戈壁水乡"。

"不出城郭而，获山水之怡，身居闹市，而享林泉之致"，风光如画、湖光秀美的国家级湿地公园，生动地诠释着这座中国优秀旅游城市的水韵本色，也辉映着这座历史文化名城的灵秀神采，更营造出人与自然和谐共生的生态家园。每逢秋冬时节，这里都有一场绝美的自然景致不可错过，那就是"听莺声燕语，看飞鸟翔集"。这里是我国候鸟三大迁徙线路的西部路线之一，也是全球8条候鸟迁徙通道之一的东亚至印度通道的中转站，同时还是国家一级保护动物黑鹳、遗鸥和二级保护动物白琵鹭、大天鹅等珍稀鸟类的繁殖地。大白鹭、白骨顶、黑鹳、大天鹅、灰雁以及赤麻鸭、绿头鸭……成千上万的候鸟来到这里，与泥泞的滩涂和葱郁的芦苇为邻，展翅于蓝天碧水间，度过冬日美好的时光。瞧，那三五成群、成双结对的鸟儿，或低头觅食，或引颈振翅，又或起舞弄羽，那灵动多姿、婀娜轻盈的倩影，仿若诗人王勃笔下那首"落霞与孤鹜齐飞，秋水共长天一色"的灵动胜景，处处萌发着生命的力量。

在张掖国家湿地公园南大门入口处，西北地区唯一一家以湿地为主题的自然科学博物馆——张掖湿地博物馆，展示着黑河湿地保护历程，也彰显着近年来张掖市生态文明建设的成果。

2015年，张掖黑河湿地国家级自然保护区被列入全球第八批国际重要湿地名录，在全球重要湿地排名第2220块，是中国入选的第47块，黑河生态文明建设进入了全球视野；2017年，张掖入围2017中国特色魅力城市200强；2018年，水利部公布了第一批通过全国水生态文明建设试点验收城市名单，张掖是甘肃省唯一一个入围城市，同年，张掖入选"2018畅游中国100城"……

"风很平凡，如果吹在夏天；水很平凡，如果是沙漠中的一泓清泉……"今天，深居内陆腹地的张掖，因为不平凡的自然之美，而愈发地充满生机和灵气，愈发地蓬勃美丽。祁连山下，弱水河畔，绿色发展中的张掖，一幅生态文明的美丽长卷正在徐徐展开……

选自《读者欣赏》2019年第9期

## 绿色的梦

刘晓辰

最初种下 8 棵树,只是为了让孩子在沙漠地里放羊时有个遮阴的地儿,如今,她把植树治沙当成了造福千秋万代的大事业,把绿色铺向万亩荒沙地。

### 梦之初

在毛乌素沙漠深处的陕西省靖边县东坑乡金鸡沙村,住着一位普通的农家妇女牛玉琴。1985 年元月,在党的改革开放政策感召下,在丈夫张加旺的支持下,她提出承包 1 万亩荒地。村上的人以为她疯了,那是千年的不毛之地呀!

绿色的梦缘于恶劣的环境。没到过靖边的人,很难想象出那里的环境有多么可怕。一年四季,风沙肆虐,沙进人退。祖祖辈辈的人们就是这样在大自然的疯狂中忍让,食不果腹,衣不遮体。牛玉琴说她至今不愿回忆那艰苦的日子。

### 梦之艰

最近我见到了在北京参加人代会的牛玉琴,提起当年承包的事情,她说,我可不是脑子一热。那是 1983 年的春天,为了让孩子在沙漠地放羊能有遮阴的地方，我试着种了8棵树。丈夫说，叫"一把树"吧。没想到竟奇迹般的成活了！我俩高兴得什么似的。

1986年8月28日，牛玉琴带着抑制不住的喜悦心情，在1万亩树木枝叶招展的时候离陕进京。

在北京，她受到了高规格的接待，随后又作为国际防治沙漠化公约秘书处的特邀代表，赴美出席了"国际防治沙漠化座谈会"。

在那次会议上，牛玉琴讲述了她治沙的艰辛：那是风沙梳头雨洗脸的日子啊！她们一家都是天不亮起床，村里人都睡后才点火做饭。没资金买树苗要自己凑，牛玉琴卖掉了正要下蛋的鸡。儿子跟着妈妈奔波受不了，发起烧来。牛玉琴狠了狠心，摸出两个鸡蛋想为儿子下面条。儿子看到后一把抓住她的手："我不吃，卖掉它凑钱买树苗。"牛玉琴也是母亲啊！她忍不住泪流满面。就在她面对重重困难、精神几近崩溃时，丈夫张加旺将她揽到怀中："坚持下去，我们能成功！"牛玉琴的心情渐渐地平静下来，但令她不安的是，此时丈夫的左腿总在隐隐作痛，有时酸疼不止，后来竟无法出门。

牛玉琴仍然在外面又刨坑，又拉树苗，还要为雇来的帮工做饭。加旺在家中为她出点子，让她把帮工们分成小组实行责任制，并严格执行他们摸索出的一套种树技巧，1万亩树苗在他们精心栽培下终于长起来了。

### 梦之痛

外国人听了牛玉琴的讲述很受感动，1993年，牛玉琴相继承包的4万亩荒地已成为绿色林带，站立在那里的杨树、榆树、沙柳及柠条棵棵挺拔，片片成林。为此，在泰国，牛玉琴被联合国粮农组织授予"优秀农林奖"。

牛玉琴成为世界名人了，一个极普通的农家妇女第二次登上了联合国的讲台！然而，又有谁知道牛玉琴心中永远的痛？

牛玉琴有个晚上吸烟的习惯。有一次，我忍不住问她为何偏偏晚上抽？那一瞬间，我看到了牛玉琴眼中闪动的泪花。"我每晚想加旺都心里痛，只有用吸烟排解。"我的心震颤了，仿佛走进了牛玉琴柔情似水的内心世界！我无法将那荒漠里的倔强女人与眼前这个失去丈夫后显得如此孤独无助的她联系起来，只感到坚强与柔弱、理智与感情这一对矛盾在牛玉琴身上已融为一体。

说起张加旺，牛玉琴讲"这辈子嫁给他，知足了"。牛玉琴至今后悔在丈夫生病的日子里她没有尽到妻子护理的职责。1987年初当荒沙地就要成为绿色家园的时候，丈夫却不行了。那是一个狂风呼啸、天昏地暗的日子，牛玉琴陪着因骨癌而锯掉左腿的丈夫从银川坐车往家中赶。车厢四面透风，牛玉琴欲哭无泪。加旺为安慰她，强打精神挪动着仅剩的一条腿更靠近她，用手轻轻擦去她脸上的泪。此时的牛玉琴再也忍不住了，她扑倒在丈夫怀中大哭起来。

到家了，年迈的父亲见到儿子只拖着一条腿回来，人一下子就瘫了下去。平时见人乱咬的疯母亲也像突然恢复了神智，摸着儿子的残腿根儿半天无语，只是流泪。牛玉琴的儿媳为缓解这悲凄的气氛，从里屋抱出刚满月的儿子说："让爷爷给娃儿起个名字吧，要好听一点的。"张加旺想了想说，叫张继林吧，我死了以后，让他帮助奶奶把治沙绿化的大事干下去。

牛玉琴实在不愿回忆那撕心裂肺的一幕。1987年5月，丈夫走的时候，她的感觉是"天塌了"。由于思念丈夫，她经常夜间无法入睡，泪水总是打湿枕头。她知道，没有加旺的日子里，她更要珍惜自己，因为，那个绿色的梦，加旺都托付给她了！

## 梦之情

加旺走了，牛玉琴对丈夫的思念却一天也没有停止，她用各种方法寄托自己的哀思。成立林场时，她取名为"加玉林场"；孙子们起名时，她说叫张继业、张继功、张继柠（一种树名）；她经常对孩子们讲，记住爷爷，记住爷爷对你们的期望。张加旺死后，县林业局为鼓励牛玉琴并嘉奖加旺生前治沙造林的成绩，为他立了"治沙模范碑"，于是，那里成了牛玉琴常去的地方。

1991年，省林业厅在牛玉琴所在的村召开了现场会并向她颁发了奖金。当夜，牛玉琴来到丈夫碑前轻声诉说：加旺，今天我领到了9000元奖金，加上咱家的1万多元，建个小学如何？一来娃儿们可以不用跑到太远的地方上学，二来我总想培养出一批能担起治沙大业的接班人。夜色沉沉，万籁俱寂，牛玉琴认为这是丈夫应许了。那就叫"旺琴小学"吧，取咱俩名字最后一个字咋样？加旺又默许了。

1992年，在各方面的大力支持下，旺琴小学正式招生。学生们除了上文化课以外，还要经常听牛校长给他们讲述植树造林和生态保护的知识。逢到植树节，每个学生都要在校长的带领下亲手栽下一棵树。这里的娃儿们很懂事，他们知道了牛校长的事迹，决心像她那样做人，做事。镇上进行统考时，旺琴小学学生的成绩经常名列前茅。1994年，香港的杨志明先生听说牛玉琴的事迹后非常感动，慷慨解囊，捐资5.5万元人民币为旺琴小学增盖校舍并增添教学设备。

为表彰牛玉琴对社会作出的贡献,她被评为全国"三八"红旗手、全国十大女杰、全国优秀党员、全国治沙造林功臣等。1995 年,牛玉琴还被联合国粮农组织授予国际"拉奥博士奖"。

她理解自己能获得这么多的荣誉,皆因为"治沙造林这件事情太重要了"。她讲:如果说自己 1983 年开始种"一把树"时仅仅是为了孩子放羊乘凉,1985 年承包 1 万亩荒沙地时是不甘再忍受大自然的肆虐,1990 年她又承包了 3 万亩荒沙地时是因为心中充满了对党和国家的感激之情,那么 1998 年她再次承包 7 万亩荒沙地时,已是决心世世代代从事这项造福人类的大事业了。

### 梦之圆

牛玉琴的"事情"逐步发展成为"事业"。

1998 年 6 月,加玉林场和西北电力实业发展总公司合作成立了"绿源治沙有限责任公司",董事长牛玉琴对员工们讲,公司的宗旨是"借你一片荒沙,还你一片绿洲"。

牛玉琴现在正在忙于贷款之事,她为绿源治沙有限责任公司的进一步发展写出密密麻麻 6 页纸的"贷款项目论证"。我在陕西省林业厅采访时才得知,7 年前牛玉琴还是大字不识一个的文盲,由于成了"劳模""英雄",就经常有人请她签名留念,她才开始学写自己的名字并进一步学习文化。我很难想象出一个每天奔波于荒沙地中的女人怎样抽出时间来学习文化。看着那还算过得去的字体和不太流畅的文笔,细细琢磨那朴实的"论证",牛玉琴在我心中的形象又一次升华。

牛玉琴就是靠着一份份实实在在的报告,多次获得省林业厅、西北电力实业发展总公司和县林业部门等方面的贷款与投资。实话实说,牛玉琴在经营方面还有很多路要走,但她对此所表现出来的强烈欲望和她的敬业精神,会引导她渐入佳境,创出成绩。

毛乌素沙漠深处,牛玉琴筑起了一道绿色林带。现在,她正带领着子孙们造林不止,为的是圆她和张加旺那个绿色的梦。

选自《读者》(乡土人文版)

## 丽水妖娆

范 稳

大凡到过丽江古城的人，都会为那状如人体血管、穿越古城街道房舍的大小河流沟渠感慨：如今在哪儿还能找到这样清丽自然、纯洁鲜活的城中之河啊！

古城之河不是一条，而是无数条。如果不是有心，很难说得清丽江古城里究竟有多少条河、多少道沟。这些遍布城区的大小河流，像大地上逶迤自然的脉络，滋润着这座高原小城的生命，让它赢得"高原姑苏"的美誉。但是，丽江古城之水又与江南水乡风情迥异。

纳西人是最知道与自然和谐相处的民族。在他们古老的东巴文化中，人与自然是兄弟，这个兄弟的名字叫做"署"。相传开天辟地时期，神灵把土地、牛羊分给了人类，把雪山、森林、河流、野物分给了"署"。开始兄弟间还能相依相惜，后来人类繁衍，欲望增大，便开始无休止地向"署"索取资源，砍他的树，污染他的河流，猎杀他的动物。"署"忍无可忍，便向人类报复，冰雹雪灾来了，洪水干旱来了，瘟疫疾病也来了。人类这才认识到，自然是不可欺的，兄弟间是要和睦相处的。于是，纳西人不仅在很早很早以前就把自然当亲兄弟看，还视"署"为神。他们敬畏自然，叩拜大地，比我们现代的环保意识早了近千年；他们善待自己的兄弟，才给我们留下了这一片纤尘不染、宁静优雅的土地。

古城因水而时时生动，贴近自然。最初丽江古城只有一条由北而南的河，名为玉河，发源于现今的黑龙潭公园，黑龙潭里的水又是从附近的象山脚下涌出来的。这股清澈勃发的泉水，有人说来自玉龙雪山，有人说来自象山背后九子海地区的崇山峻岭，那里层峦叠嶂，森林茂密。可以肯定的一点是，此水是"署"神对纳西人的眷顾。

在丽江还没有成为一座城市的时候，玉河水经常泛滥成灾，古城一带或为阡陌农舍，或为泽国汪洋。后来人们在玉河上游筑了一道拦河坝，将水分流，靠近狮子山开沟筑渠为西河，玉河旧道为中河，古城以东坝子地区良田万顷，引水为东河。是以古城之水，一分为三，三分为九，九再分之，无以计数。人们择岸筑屋，毗邻而居；放倒树木，是为桥；开沟引渠，便活人。纳西人善用水，无论是开地建房，还是生活之需，水从自然来，复归自然去。亮花花的水从家家灶门前经过，人们拿瓢一舀即入锅，那才叫真正的"自来水"。纳西人也爱惜水，小孩若在水边撒尿，大人会说，水鬼会拿掉你的小鸡鸡。有处叫"三眼井"的地方，一字排开三口水潭，最上端的井饮用，中间的井洗碗洗菜，下首的井洗衣洗农具，人们从不混淆。

最神奇的是引水洗城。过去丽江是汉藏间茶马古道的重要驿站，来来往往的商旅，奔走于内地和边疆之间，他们在丽江打尖歇息、交换商情、骡马互市。一个集市下来，古城必然满是牛矢马溲，污秽不堪。人们利用西河和中河高于城市平面的地势，将西河和中河之水暂时拦住，待水满溢河，顺着古城密如蛛网的大街小巷，荡涤而入东河。古城的街道都用本地的五花石铺就，像这座城市坚硬的皮肤。水流三尺清，水过地洁净。石板路经水一洗，光洁湿润，纹路毕现，古朴沧桑，给这座古老的城市平添了许多遐思幽情。

水流寻常百姓家，财分南来北往客。这水流的就是财富啊！我经常站在丽江的水边，面对摩肩接踵的游客感叹。城市因水而活，在西方有威尼斯，在云南有丽江。上善若水，一座城市的布局倘如此，那真是上中之上。千年古城，百年老屋，鳞次栉比，依山就水，像一部尚未完全打开的古书，平和、朴实、谦卑、深沉。在古城里你看不到高楼巍峨、深宅大院，也看不到"井"字形的街道、"十"字形的路口。它似乎没有布局，缺乏规划，更没有标志性的建筑，但它顺其自然，水到哪里，房子就建在哪里。古城的建筑就像水一样自由，像水一样沉静，像一个阅尽人间沧桑的老人。从善如流，是说一个人顺应时势，用来形容丽江古城，也再合适不过。

现今，在城市的钢筋水泥森林里憋慌了的人们，来到丽江古城，白墙青瓦，小巷幽深，让人立即就会有对某种逝去了的岁月久违的感觉；建筑专家、学界泰斗来了，毫不吝啬地赋之以"唐宋遗风""明清韵味"的美誉。本地的学者说，我们丽江把中原汉地遗失了的文明都传承下来了，从纳西古乐（过去的洞经音乐）、儒释道文化，到房屋建筑，一守就是数百年。信然。

记得有一次去丽江，正碰上城建部门在清理河道，古城的水被引走了，这座水乡城市忽然就像个一夜之间就衰老了的妇人，干瘪僵化，暮气沉沉，了无生气，那真像一场梦魇。后来被丽江的朋友请去K歌，我点了一首《把根留住》，唱着唱着，就唱成"留住我们的水"了。

选自《读者》（乡土人文版）

## "中华水塔"三江源

阳　红

位于青海省西北部、昆仑山以南、唐古拉山以北的这片区域，是广义上的可可西里地区。这里雪山延绵、湖泊如镜、牛羊成群，黄河、长江、澜沧江源头流域在此交汇。三江呈"川"字形从这里奔涌而出，发散延伸，滋养着中华大地。世界最完整多样的物种在此聚集，几千年前，这片土地孕育了古老的华夏文明。

### 三江源的神奇景观

"三江源"，因其为黄河、长江、澜沧江源头流域的汇水区而得名。三江源区域位于青藏高原腹地，平均海拔在4000米以上，以山地地貌为主，地形地貌复杂。巴颜喀拉山、可可西里山、阿尼玛卿山及唐古拉山脉横贯其间。

华夏民族的母亲河——黄河呈"几"字形，自西向东逶迤而去，滋养着中国北方地区。"几"字最左边的一笔（即源头），则是从青藏高原的巴颜喀拉山脉北麓的卡日曲开始，源区流域面积达16.7万平方公里，占三江源地区总面积的46%。长江犹如一条蜿蜒的长龙，从唐古拉山脉各拉丹东雪山的姜根迪一跃而起，穿过中国的南方，奔向大海。长江源区流域面积15.9万平方公里，占整个三江源面积的44%。澜沧江发源于唐古拉山脉北麓查加日玛的西侧，向东南奔流而去，经云南西部至西双版纳傣族自治州南部，流出国境变为湄公河。三条江水呈"川"字形，横贯青海，并向北、向中、向东南发散开去，滋养着中国的土地。

这里不仅拥有神奇的自然景观，还孕育着人类的古老文明。黄河是中华民族的摇篮，那么黄河源头与古老的华夏民族又有着怎样的关联呢？

古羌人是一个有着优秀文化的古老民族。历史上，古羌人逐渐与汉、吐谷浑、吐蕃等民族相融合，在青海这片土地上生息繁衍，用他们的智慧创造着青海的文化。如今的羌族、藏族、纳西族、普米族等都属于古羌人的分支，现代的羌族主要分布在青海、陕西、四川、宁夏等地区，他们都是古羌人的后裔，而古羌人正起源于青海三江源地区的黄河源头。

青海最早的土著民就是羌人，羌人原本姓姜，是炎帝的后裔，"羌"是其外称，因其逐水草而居，过着游牧的生活，中原人称其为"放羊的人"。《说文·羊部》载："羌，西戎牧羊人也，从人从羊，羊亦声。"商周时代出现了羌部落，史称"西羌"。据商朝甲骨文记载，武丁出兵征伐西羌后，便将青海东部大片地区纳入商朝版图，随后青海东部地区与中原地区开始了政治、经济上的往来。

青海东部地区被正式纳入封建王朝统治体系是在汉朝。西汉王朝派霍去病出兵击败河西匈奴，设令居塞，并在河西设四郡（西海郡、河源郡、湟源郡、金城郡），控制了现青海的贵南、贵德以及西宁和湟源等地。武帝元鼎六年（前111年），汉军征讨河湟羌人，在湟中设"护羌校尉"。从此，汉王朝开始了对青海东部的控制。汉宣帝神爵元年（前61年），先后在此设置临羌（今湟源县）、安夷（今平安县）、破羌（今乐都县）、允吾（今民和县）、允街（今甘肃省兰州市红古区）、河关（今贵德县）六县，青海东部地区被纳入汉朝郡县体系。

古羌人对农耕社会的发展做出了很多贡献。秦时,羌人首领爰剑被秦人追捕,辗转来到黄河、湟水之间的地区,据《后汉书·西羌传》载:"河湟间少五谷,多禽兽,以射猎为事。爰剑教之田畜,遂见敬信,庐落种人依之者日益众。"河湟地区本来缺乏农产品,爰剑把中原先进的农耕技术和畜牧技术教授给人们,于是附近的部落纷纷来投靠。原来以游牧狩猎为主的羌人转向畜牧业、农业生产,形成了一个相对稳定的社会群体。

居住在这片高原上的羌人最先培育出麦类,然后传播到中原地区,成为北方的主食原料。他们高超的驯兽技艺,推动了畜牧业的发展。早在2000多年前,他们就把草原上的野牛驯化成了牦牛,史书上称之为"牦牛羌"或"牦牛夷"。他们还把野马驯化成了羌马,把野羊驯化成了藏羊。

除了擅长农耕技术和畜牧养殖之外,羌族还是一个能歌善舞的民族,羌族乐器羌笛在历史上影响久远,从汉代起,就已经流传到四川、甘肃等地了。东汉马融在《长笛赋》中写道:"近世双笛从羌起,羌人伐竹未及已。"唐代诗人王之涣在《凉州词》中,有这样的诗句:"羌笛何须怨杨柳,春风不度玉门关。"2006年,羌笛演奏和制作技艺被列为"国家级非物质文化遗产"。

玩味着"羌笛何须怨杨柳",徜徉在风光旖旎的可可西里草场,漫步在文化气息浓郁的文成公主庙,细细聆听历史的声音,我们从中感受到了几千年来,古羌人在这片土地上所创造出来的厚重文化。

中华水塔

尽管农耕社会的人们对湿地的认识是有限的,但不论人类意识到或没意识到,三江源湿地都一直调节着青海的气候与生态,滋养着庞大的生物群体,为人类的农业生产做着贡献。直到1971年18个国家签署《国际湿地公约》以后，人们才逐渐认识到湿地作为"地球之肾"的重要功能。我国 1992 年加入该公约组织，开始注重湿地的保护和可持续发展，而三江源是我国面积最大的自然保护区，被誉为"中华水塔"。

黄河、长江、澜沧江的源头流域在这交汇。这里河流密布，湖泊沼泽众多，雪山冰川广布，独特的地理地貌形成了大面积的湿地生态系统，其湿地面积达 7.33 万平方公里，占整个三江源保护区总面积的 24.6%。

三江源地区的长江、黄河源头有大小河流约 180 条，大小湖泊近 1.65 万个。扎陵湖、鄂陵湖是黄河干流上最大的两个淡水湖，意为"白色长湖"和"蓝色长湖"。两个湖由一条堤坝相连，形似蝴蝶，被誉为黄河干流上的姊妹湖，具有重要的调水功能，不仅滋养了农作物和野生动植物，还对防洪防灾起到了很大的作用。黄河源头和长江的沱沱河、楚玛尔河、当曲河源头以及澜沧江源头都有大片沼泽发育，是我国最大的天然沼泽分布区，总面积达 6.66 万平方公里。三江源区内雪山、大陆性山地冰川广布，冰川资源蕴藏量达 2000 亿立方米，地下水资源也比较丰富。"中华水塔"无论在生态保护上、经济发展上，还是在西部大开发的建设中，都有着重要的作用。

生物基因库

三江源地区复杂的地质生态结构，孕育了完整多样的生物群。这里地域辽阔，海拔差异很大，多高山，土壤垂直分布。随着海拔由高到低，土壤类型依次为高山寒漠土、高山草甸土、高山草原土、山地草甸土、灰褐土、栗钙土和山地森林土，其中以高山草甸土为主，沼泽化草甸土也较为普遍。这片土地上分布着针叶林、阔叶林、针阔混杂林、灌木丛、草甸、草原、沼泽及水生植被、垫状植被和稀疏植被等植被类型。

三江源地区的野生动物区系，可分为寒温带动物区系和高原高寒动物区系。据调查，区内有兽类 85 种，鸟类 237 种，两栖爬行类 48 种。这些动物中，有国家重点保护动物 69 种，其中国家一级重点保护动物有藏羚羊、野牦牛、雪豹等 16 种，国家二级重点保护动物有岩羊、藏原羚等 53 种。另外，还有省级保护动物艾虎、沙狐、斑头雁、赤麻鸭等 32 种。

三江源海拔高，为典型的高原大陆性气候，冷热两季交替，干湿季节明显。尽管该地区具有强大的水文功能，但这里的生态环境复杂而脆弱，容易遭到破坏。

## 十年变迁

"苍茫的大地，为万物的灵气；那灵魂的无际，让风雪来挡御；转面来怀里，是自卑的怨气；有谁来保佑我，让它生生不息……"

曾几何时，这里阳光充沛，水草丰美，湖泊星罗棋布，还有着人们所向往的可可西里风光。后来，由于畜牧过载，过度砍伐，草场退化、土地沙漠化等问题日益严重，再加上全球气候变暖、冰川和湖泊萎缩、蒸发量增大、季风减弱、降水减少等原因，这里的生物种类锐减，鄂陵湖面积缩小了 1/3，草场光秃，老鼠为患。

1999 年，中国探险协会组织水资源专家与其他科学家，对澜沧江进行综合考察。考察后，他们提出了"开发大西北，保护三江源"的建议。这一建议得到有关部门的重视与支持。2000 年 2 月，国家林业局给青海省下发了《关于请尽快考虑建立青海三江源自然保护区的函》公文。2000 年 3 月，国家林业局、中国科学院和青海省人民政府联合召开了"青海三江源自然保护区可行性研讨会"，会议认为："中华水塔"面临着严重威胁，建立三江源自然保护区是西部大开发中生态环境建设的一大战略任务，意义重大，刻不容缓。2000年5月，青海省政府批准建立三江源省级自然保护区，并在2001年9月批准成立了"青海三江源自然保护区管理局"。国家林业局规划院和三江源保护区管理局还制定了"三江源保护区2001年—2010年的10年建设总体规划"。2003年1月，三江源晋升为国家级自然保护区。

在相关部门的重视下，保护区管理局开展实施了退牧还草、退耕还林、水土保持、防治鼠害、湿地及野生动物保护、生态移民、小城镇建设、能源建设、产业转型、人工增雨、生态监测等一系列工程。通过十多年的努力，三江源湖泊和湿地面积不断扩大。青海藏族自治州玛多县境内的湖泊恢复到2000余个，重现"千湖之县"的景观；扎陵湖、鄂陵湖面积增大；黑颈鹤、斑头雁等鸟类以及藏野驴、藏原羚等数量也在不断增加，生态环境得到了恢复和改善。

可爱的藏羚羊生活在这里，这里的童话多么美丽。我仿佛又看见了波光粼粼的扎陵湖、鄂陵湖像闪闪发光、振翅欲飞的蝴蝶，闻到了高原上清冽的风带来的雪山的香气。

选自《读者》(乡土人文版)

# 奉化滕头村

欧阳薇荪

联合国"全球生态五百佳"——奉化市滕头村，地处浙东沿海平原，环境优美，经济繁荣，百姓生活富裕。经济和生态环境同步发展，这是中国农村在新世纪发展的方向及其要求。近日，记者去了一趟滕头村。

## 葡萄河：生态建设的缩影

在自然界，小小的池塘也是一个自然生态系统，在生态系统的各种成分之间，通过各种营养关系，不断进行着能量流动和物质循环，人类的生产活动割断这种联系，往往是生态失衡的原因。在滕头村，有一条别致的葡萄河，它流淌的则是一种自然的生趣。

阳光下绿荫掩映中，一条河环绕着村庄静静地流淌，碧水盈盈，鸟语啁啾，花香阵阵，你会以为自己来到了某个风景区的一处花园。一长列建在河流之上的荫棚，覆盖了整条河流。葡萄藤在上面优美地缠绕攀缘，葡萄藤下悬挂着大型鸟笼，那轻妙的莺歌燕语弥散其间，笼中的鸟儿在欢快地飞窜跳跃。鸟笼下面，就是流动着的一河碧水，水面上轻轻飘荡着落花,时有鱼儿游动嗫食。一群小学生在老师带领下正在河边观赏，也许正在上着一堂生态课。一些外地客人看来兴致很高，在此伫足指指点点。一位导游姑娘对记者说，这里是观光旅游的一个项目。

这是一种匠心独运吗？且听听他们的说法吧。葡萄从形态上看，有一种艺术的美感，当葡萄成熟的时候，那串串葡萄不仅玲珑可爱，还可以获得经济收入。葡萄藤下放置各种供人观赏的鸟类，百鸟鸣啭伴着百花盛开，而鸟粪不用清扫，自己掉入河中喂鱼。水中鱼虾既供观赏，又是很好的副业收入。大自然本身就是一个极大的生物链，我们有意把它联结起来而已。

　　在村会议室，一位村干部说，这仅仅还是一个开始，今后要拿出一份规划，搞出生态建设和观光旅游的远景设想来。生态系统是一个有机整体，各种生物的存在是互相联系的，葡萄河是一个小小的缩影。

　　　　　　立体农业：绿色田园概念

　　田野总是绿的，而这里的田野不同的色块，却源自于人们有意思的构想。你看，田野上有青翠的也有墨绿的，仔细看还有五彩缤纷的，这是"大地画家们"的生态杰作。原先这里的土地高低不平，洪涝连年，耕作也不方便，"前后龙潭涂田畈，一场大雨水满滩，亩产只有三百三"，这是当年的写照。为了生存，村民们靠一根扁担两个肩，通过多年的奋斗，把全村的土地翻了个儿，平整了农田，争取好的收成以求温饱。有了收益，村民便又动起了新脑筋。他们把6000多米的排灌水道修在地下，既实用，又双倍利用了土地。为了保护好土地，村民们又在村委会的带动下，在大田的周围修起了长长的绿化带，栽上果树和苗木。初次照面，有点像是三北地区的防风林带。这一搞，平野上青翠加墨绿，一派田园风光。农业专家们都说漂亮，有生态农业的样子。于是，新的图景又出现了。

　　460亩良田进行了机械化耕作，只用6个人就够了，村里把更多的人力物力投放进生态农业。桂花、紫薇、落叶松、茶梅在青青水田旁画出了五彩缤纷的图画,又为对外提供绿化工程苗木赢得经济效益。

生态农业还引出了一条柑橘林。这里栽种的柑橘,包括了枳属、金柑属和柑橘属中的主要种类,多达120多个,成了柑橘类观赏的全国之最,被浙江省农业研究部门认定为"全国第一条柑橘观赏林"。

丰收季节,稻谷飘香,蔬果满园,绝不只是诗人笔下的浪漫之吟。漫步在这块土地上,立体农业的生动景观不一而足,你会真正想到,如今的农民比他们的前辈更聪明也更富裕了。阳光下,是一片黄花梨果园,梨树下种着蔬菜,这样的套种可能在其他地区也不多见。远处的大棚里,依次种着西瓜、玉米和番茄,有村民正在忙活着。虽是人工安排的绿色,也一样的赏心悦目。待到花开时节,大自然的一夜春风,绽放出的万千雪白的梨花又将给这里平添无限的生机,这时候就看你愿不愿来了。

立体农业,这个新名词儿,使滕头村打破了单一粮食生产格局,在改造环境时多种经营齐头并进,村民们在这块绿色田园之上,兴办了集体农场、大型畜牧场、果蔬场、水产养殖场、花卉园艺场和农机服务队。农田进一步园林化、水利化,也使农业资源得到了开发利用。

### 花园村庄:回归自然怀抱

如果说,你在用钢筋水泥建起的森林里待久了,很想在清新的地方享受一番自由舒畅,那么滕头村正在营建的氛围和环境,也许是你乐于涉足的。绿化、美化、净化,就是它给人们的初步印象。

在滕头村走一走,就像在现代城市的某个新村里转了一下,其富裕和超越小康的生活水平,在沿海发达地区的农村也许不足为奇,那吊起你的胃口的,却是那种向着大自然回归的态势和氛围。这里不仅仅在于它是按照"设施完善、功能齐全、产业协调、环境优美、生活富裕"的小康村建设的要求在做，包括今年已在动工的"一条路、两个园、三处景"建设，而在于生态环境建设非常引人注目。你看在这村庄的道路两旁，住宅庭院遍植着花草树木，一年四季都有花，色彩的配置也很和谐。随便往哪处一站，家家户户的门前都有盆景。路间有青草，围墙有绿篱，整个村庄掩映在绿阴之中，这仅仅是为了美化吗？村里傅书记是这样说的：这样做，不仅环境美化了，更重要的是使空气洁净，减少噪音，草还能吸收光热和灰尘，还村庄一个赏心悦目的自然空间。

滕头村建设生态林并不是为了做做表面文章，他们的一切努力就是为了真正地回归自然。村里重视资源的保护和利用，如养殖业，就是以"水中养鱼，鱼粪肥泥，河泥肥田"的良性循环。滕头村20多家企业没有一家是污染企业。

滕头村有一件小事很有趣：他们不允许别人来村里捉小动物，连昆虫也不能捉，看到了就要管。水面要有蜻蜓，水里要有青蛙、水蛇，树上要有各种鸟儿，该要有的都要有。傅书记说：我小的时候，能看见蜜蜂在土墙上钻洞，掏出来就能吸到蜜，这其实是一种野趣，多年见不到了，现在努力抓生态，就是要让这种野趣回来，让野生动物也回来。大自然是一个生物链，断了环节就不行。实际上保护环境就是保护生产力，保护自然生态就是保护我们人类自身。他的话和滕头村普通村民说的话都是一致的，也是值得我们细细回味的。

选自《读者》（乡土人文版）

## 我和昆虫零距离

高东生

作家王开岭在《乡下人哪里去了》一文中,把人间的味道分为两种,一种是草木味,一种是荤腥味。他说:"乡村的年代,草木味浓郁;城市的年代,荤腥味呛鼻。"鲍尔吉·原野在《草木精神》的序言中,也有类似的语句。

我同意这种说法,也很喜欢我的一名学生在他的随笔中写的两句话:人类不愿意把自己和动物混在一起,其实,动物也是这么想的。

我猜想,以动物那么灵敏的感觉器官,它们远远地就能闻到人类身上呛鼻的味道——或是荤腥气,或是烟酒味。人类还没有走近,它们就早早地躲开了。所以,在野外,你要接近野生动物,哪怕只是一只小小的昆虫,也非常困难。

但依然有那么多美丽的照片被摄影者创作出来,器材与技巧是一个方面的原因,但更重要的是,那些专业人员和发烧友,他们本身就喜欢那些拍摄对象,并且,为一个精彩的镜头摸爬滚打、蹲点守候,他们的身上早就沾染上了草木的味道。

就是我这样一个业余得不能再业余的微距摄影爱好者,差不多也是这样。去拍摄之前,我肯定要换上一条旧的迷彩武警作训服的裤子,一件草绿色的防晒服，一顶卡其色的遮阳帽。看到心仪的拍摄对象，蹲着，跪着，趴着，哪怕是在水里，为了好的角度，也不在乎。有时，自己根本不知道自己采用了什么姿势，自己处在哪里：拍摄对象，我的眼里只有你。时间长了，也许自己身上的荤腥味就少了，逐渐有了草木的气息。

曾经有几次，我与昆虫有过零距离的接触。在拍一只小螽斯的时候，它被乱七八糟的芦苇的叶子挡住，我转来转去找不到合适的角度，便想把芦苇移开一些，这惊动了它，它不但没有逃走，反而跳到了我的左手上。

后来，在拍一只小蜻蜓的时候，又遇到了类似的情况。拍了两张，我就被不远处悬茧姬蜂的卵吸引了，调转了镜头，但小蜻蜓却落到了我的手上，赶都赶不走。

我细细看了一下，这只蜻蜓的复眼上竟然有一块白斑，我不知蜻蜓会不会有白内障这种病症。如果有的话，那它是不是眼部患病了，只能凭嗅觉判断落点？

后来还有鹿蛾落到过我的手上。

当然，最盛大的景象出现在锡林郭勒草原的一片森林中，蝴蝶、蚂蚱、苍蝇、蜜蜂等，像欢迎亲人一样迎接我。那是它们的家，我是客人，它们大概对我的到来也感到新奇和兴奋。它们落在了我的车、帐篷、衣服和鞋子上，让我感受到了久违的热情。

我想，是几年前的一个微距镜头逐渐改变了我，它使我有了全新的观察和认识世界的角度，让我走进了一个神奇而丰富的昆虫世界，慢慢让我急躁的心安静下来，让我匆匆的脚步缓慢下来。这有些意外，但我为有这样的收获感恩。

有一些常识，人们现在才明白，也会逐渐达成共识：没有了昆虫，肯定是环境的灾难，人也活不成了；而没有了人类，它们会活得更好。

你爱上了昆虫，就和世界上大多数生命站到了一起。

无论如何，昆虫落在我的手上，我看作是它们对我的接纳和认同，是一件无上光荣的事情。

选自《读者》(原创版)

## 给藏羚羊让路

张　翔

有一年夏天,我们租车从格尔木去那曲,给我们开车的司机叫桑吉。桑吉是一个很粗犷的汉子,他汉语讲得有些生涩,话不多,声音很粗,每一句话从他的嘴里说出来,都带着风沙打磨过的苍劲。

桑吉没有上过学,17岁就开始在青藏公路上跑车,因此,他的驾驶经验非常丰富。

那天,恰好万里晴空,路况不错,他加快速度在美丽的青藏公路上飞驰。我们却酣睡起来。

也不知道过了多久,我们在一阵急刹车的刺耳声中醒了过来,我们都吓了一跳,从座位上直起身子。我问桑吉:"出什么事了?"

桑吉竖起指头"嘘"了一声,然后指着前方说:"瞧,藏羚羊!"

我向前方看去,果然是一群藏羚羊,它们正在公路旁徘徊。我这才明白,原来我们已经到了楚玛尔河附近的野生动物保护区。而现在正是6月,这些藏羚羊正在试图越过青藏公路,向可可西里的西部迁徙,它们要到美丽的卓乃湖、太阳湖去产羊羔。这是一大群藏羚羊,大约有上百只,它们站在公路旁边犹豫,犹豫着是不是要穿过这道人为的屏障,去它们向往的栖息地。

等了大约 20 分钟,我们终于看到一只高大的藏羚羊第一个上了公路,我们断定它是一只头羊。它独自站在公路上向四周张望,偶尔,眼神会落在我们的车上。我们的车早已熄火,连同我们的呼吸都变得轻微起来。头羊开始猛地一步蹿过公路,站在了公路的另一旁,又张望了一下四周,似乎确定没有任何危险之后,它又一次悠悠地回到对面的羊群中。它在羊群之中转了一圈后,羊群开始喧闹起来。

片刻之后,我们看到它开始试图带着羊群穿过公路,它站在公路的中心,像家长一样看着自己的孩子们排着队穿过马路。

通行本来是很顺利的,但是,忽然有几只小藏羚羊停在公路旁凄厉地叫了起来,显然,这是几只胆小的藏羚羊。头羊走了过去,用舌头舔了一下其中一只小藏羚羊的脑袋,那个小藏羚羊会意,就上了马路。可就在这时,小藏羚羊脚刚一碰到黄线,就猛地瘫倒在地上。它被这黄色的线条吓得趴在了公路上。于是,我们便听到了头羊带着愤怒的叫声,它的叫声响过,那小藏羚羊一下子站起来,穿过了马路,而其他的小藏羚羊也一起穿了过去。

花了快一个小时,藏羚羊群终于穿过了几米宽的平坦的青藏公路,如同穿过了它们心中的昆仑雪山,然后欢快地撒蹄跑去。我们提着的心也放了下来。

就在这时,后面忽然响起了几声喇叭,我猛地回头一看——天哪!不知何时,我们的车后,已经有各色的车辆排成长龙,而他们的到来居然都悄无声息,令我们毫无察觉。

原来,大家都和我们一样,在悄悄地为一群藏羚羊让路,这一让就是一个小时。我问桑吉:"你们平时都这样给藏羚羊让路吗?"

桑吉用粗犷的声音回答:"是的!有时候得让小半天,一定得先让它们过去,这羊可都是去产崽的,都是'孕妇'啊!"

车里顿时响起了笑声,只是每一个人的笑声中都带着一种深深的敬意。因为我们都看到了藏民对动物的友爱,他们深深爱着这片土地上的万物,就连这小小的藏羚羊,也被他们称为"神物"。他们甚至认为只有有福气的人才能看到这些可爱的动物。

选自《读者》(乡土人文版)

## 美丽中国，野性中国

王 飞

"对自然宁静的爱将一个人不可避免地改造成了一个愤怒忧伤的斗士，这似乎就是我们这个时代的行为方式。"有学者曾这样评价奚志农。

奚志农拍摄野生动物已有 25 个年头。1992 年至 1996 年，奚志农六进白马雪山自然保护区，拍摄到了国家一级保护动物滇金丝猴的珍贵画面；1997 年，他首次报道了藏羚羊被偷猎者大肆捕杀的状况以及"野牦牛队"为保护藏羚羊做出的艰苦卓绝的努力，引起了公众对藏羚羊生存状况的关注……

11 月下旬，北方已是寒风凛冽，而广西依旧花红柳绿，一派春天的景象。两天之内，从萧索的兰州到繁华的上海，再到广西崇左生态公园参加由佳能（中国）与野性中国共同主办的"2008 中国野生动物摄影训练营"，时空的变换让人目不暇接。

见到奚志农的时候，他正患感冒，端着一碗姜汤，却不忘关心生病的营员。这个男人看上去很是儒雅，有点瘦弱，语调舒缓，恬淡平和，丝毫没有粗犷的感觉，让人有点不相信他就是那个常年行走在荒郊野外、崇山峻岭中的"中国野生动物摄影第一人"。

## 寻找滇金丝猴

奚志农高高瘦瘦，总是一身迷彩服。不过，和现在喜欢在天地间行走的年轻人不同，奚志农丝毫没有酷的感觉。这个45岁的白族汉子笑称很多户外运动爱好者仅仅是"户外装备爱好者"，他们的衣服一定要鲜艳，生怕别人找不到自己，把自己弄丢了，"而我恰恰相反，我需要和自然融为一体，野生动物找不到我才是最好的"。

奚志农在少年时代就对野生动物产生了浓厚的兴趣，尤其喜爱鸟类。1983年，19岁的奚志农加入了科教片《鸟儿的乐园》摄制组，开始学习野生动物摄影。1992年，奚志农到云南省林业厅工作，并于同年参加了一项与滇金丝猴有关的研究项目。滇金丝猴是最像我们人类的灵长类动物，也是住得最高的灵长类动物。它们有着粉色的嘴唇，公猴还留着酷酷的莫西干发型。"如果说云南是一个动物王国，那么滇金丝猴就是当之无愧的'国王'。"

然而，一群滇金丝猴的活动范围超过100平方公里，而且是在海拔4000米以上的地方，虽然一群猴子有100多只，但是在这样的范围内去寻找，仍然非常困难。

那些日子，奚志农和同伴常常背着沉重的设备往山上跑，寻找滇金丝猴采食留下的痕迹和新鲜的猴粪，还要留意听寂静的山谷里树枝折断的声音——一只成年公猴的体重接近40公斤，它们在枝头腾跃时偶尔会折断树枝。"如果再听到'嘭'的声响，那就是猴子摔在地上了。"说起那些令自己"魂牵梦绕"的猴子，奚志农眼里满是幸福的神采。1993年9月的一天，奚志农和同伴再次无功而返，就在他们返回营地的路上，突然发现了新鲜猴粪，"最多是一个小时以前的，猴子一定就在前面"。奚志农和同伴扛着机器就往山上冲，前方，猴子的叫声清晰可闻。

密林深处，一群猴子在嬉戏玩耍。奚志农屏息凝神，将摄像机架在石头上，按下开关，磁带轻轻转动，泪水瞬时模糊了双眼："找了两年，终于找到了！"

总归有些遗憾。那一时期，奚志农并没有留下多少工作照，一是因为当时记录意识不够，更主要的原因是磁带和反转片太少，宝贵的磁带是要用来拍猴子的，所以有很多日常工作的细节都没能记录下来，现在想来，"其实那时每一天的工作都很有意义"。

### 用影像记录，或者纪念

奚志农的家乡是云南大理，童年则在巍山度过。童年的记忆对他的影响很大。"那时候的山比现在青，水比现在绿，空气也很清新。那个时候，小孩子如果不听话，大人会吓唬他说，再不听话就把你扔给大灰狼。而在夜里，真的能听到狼在不远的地方号叫。"

岁月如梭，这么多年过去了，奚志农惊讶地发现，随着经济的发展，环境也发生了巨大的变化。从另一个角度来讲，野生动物的消失也是非常可怕的。

20世纪八九十年代，滇西北的原始森林被大量采伐。在这样的高海拔地区，很多树种一旦被砍掉是很难恢复的。1995年5月，奚志农听到一个令他震惊的消息：德钦县为解决财政困难，决定砍伐白马雪山保护区南侧的原始森林。而那片森林里有200多只滇金丝猴和其他众多珍稀动植物。

奚志农心急如焚，四处求助无果后，不得不给中央写信，并把中央电视台的记者带到了那片要砍的林子。这条新闻后来在《新闻联播》播出，在有关方面的介入下，林子保住了。这次经历，让奚志农第一次认识到影像的力量。

但这样的成功毕竟难以复制。近年来野生动物数量急剧减少，说起这些人为造成的悲剧，奚志农颇为痛心："过去很多少数民族都有狩猎的传统，因为他们需要野生动物的肉来生存。那个时候，他们打猎之前要去祭拜山神，什么季节不能打，什么动物不能打，都是有规矩的。如果是以这样一种虔诚的态度，狩猎文化应该说是可以持续的。但很可怕的是，中国这几十年来野生动物急剧减少，首先是因为栖息地大面积萎缩，湿地在排干，湖泊被变成农田，森林被大肆砍伐。'皮之不存，毛将焉附？'还有，过去的传统被认为是迷信，都被砸烂了，而且没有禁忌，不管公的母的小的全部打掉，从20世纪五六十年代一直打到现在，前段时间不还有干部打猎致死人命的报道吗？"

所以，奚志农说中国的野生动物是在枪林弹雨中幸存下来的，而他要做的，就是用影像记录下这些美丽的身影。但令他遗憾的是，有很多物种（比如水生动物）没有留下任何影像就消失了。来不及记录，唯有纪念。

记录谈何容易。"中国的野生动物是最怕人的"，在可可西里，藏羚羊看到人影和车辆就条件反射般夺路而逃。有一次，在青藏高原拍摄野牦牛时，因为靠得太近，野牦牛冲向了奚志农乘坐的吉普车，"虽然传说野牦牛力大无穷，可以撞翻汽车，但它毕竟是血肉之躯，如果真撞上了，它肯定会受伤的"。奚志农一面让司机加速，一面拿起相机，拍下了野牦牛对人类的愤怒。

奚志农每年在野外拍摄的时间在8个月以上。在山中修行，去城市布道。尽管"回到城市就会比较痛苦"，但因为环保事业的推动归根到底还要靠城里人，所以，奚志农在城市里办了很多次影展。在奚志农的镜头里，马可波罗羊在广袤大地上奔腾，身着彩装的太阳鸟在枝头啁啾，观者无不感叹天地有大美；但另一面却是"黑镜头"，很多藏羚羊的头颅被摆放在一起，成为偷猎者的罪证，让人不由追问那些美丽还能存在多久。1995年12月，北京很多高校的学生观看了奚志农的纪录片，在会场，他们第一次看到了滇金丝猴的模样。会后，大学生们点燃了200多支蜡烛，为那片林子中的200多只猴子祈祷。那一刻，奚志农深切地感受到影像在推进自然保护中起到的作用。

问他影展的效果如何，奚志农笑着说："首先是感动，然后才会有行动。每个人的心中，对美好的渴望和对自然的向往都是存在的，只不过没有被激发出来。我想这样的影像是可以把人内心的那些美好激发出来的。这些年，社会对训练营和野生动物保护的关注度逐渐提高，有更多人加入这个行列。你来采访我也算一个效果吧。"

### 悲观主义者的花朵

奚志农的同事都叫他"老大"，不过，奚志农丝毫没有大腕的"范儿"。他不善言辞，不是那种习惯了面对镜头、为所有问题设置好答案的人，采访时，对于一些"敏感"话题，他往往会用沉默作为回应。但生活中的奚志农脸上总是挂着笑容，偶尔还会幽人一默。

训练营的课堂上，奚志农指着一张东北虎的照片说："这可是一只真老虎。"营员们会心而笑。

笑声渐落，奚志农认真起来："这的确是只真老虎，但不是野生的老虎。中国大陆几乎已经没有野生的老虎了，而许多研究中心、虎乐园里养的老虎的总数已经超过了5000只。画面上这样威风的老虎，看似在野外，其实是在牢笼里，只不过这个牢笼大一点而已。"当被问及为什么不能"放虎归山"时，奚志农说："一只野生老虎的活动范围可以达到几百平方公里，它们一周捕食一次，每年需要捕食五六十只大型动物，但在中国，已经没有那么多的野生动物可供它们捕食了。所以，它们只能屈辱地活着，在人类的皮鞭下做出一些谄媚的动作博人一笑。有些地方连食物都不能保证，于是出现了老虎自相残杀的事情。"

说起那些不得不像猪一样活着的老虎，奚志农的话语中分明是有愤怒的，但语气却极为平淡，只是最后有一声叹息。"做野生动物保护、管理的人，有多少人是从心里喜欢野生动物的呢？对很多人而言，这仅仅是一份工作而已。从前，很多人吃不饱饭，野生动物救了很多人的命。而现在已经是物质极度丰富的年代，我们还需要吃野生动物才能活下去吗？国家级野生保护动物不能吃，就搞驯养繁殖。娃娃鱼，人工饲养的就可以吃？那是不是熊猫养多一点，我们也要开熊猫宴？哪有这样的道理！长期以来我们对待野生动物的态度就是两个字：利用。用它的皮，用它的骨，用它的肉。一句话：浑身都是宝。你看我们的字典、动物园的说明牌都是这样说的：肉可食，骨可入药，皮可用。所以，我们的野生动物保护策略得从根子上改变，不要为了利用而保护。如果仍旧基于这样一种思路，野生动物肯定会越来越少。"

很多时候，个人的确渺小无力，经历了那么多事，遭遇了那么多阻力，愤怒到头来只能变成一声叹息。也许正因为如此，很多媒体将奚志农称为悲观主义者。但或许正如《悲观主义者的花朵》中所言："面对生活，面对命运，我们以前是无能为力的，以后也一样无能为力。唯一可做的就是尽力保持一点尊严。当然，让自己对世界和生命不存奢求很难，不渴望幸福就更是一句空话，但有了悲观这杯酒垫底，做人也会有一点风度。"

对于奚志农而言，因为有信念可以坚守，所以才屡败屡战。

选自《读者》（原创版）

## 我和春天有段瓜葛

肖 遥

一

赏花是春天的标配。我曾经听从广播里的推荐，驾车去一个地方，一群人跟大片的桃花合个影，和这个春天的瓜葛就算是了结了。就像是参加一场婚礼，和新人并不熟悉，更不亲近，只是例行一场人情，参加一场仪式而已。

真正意义上的赏花，应该是和这场花事发生情绪上的共鸣。就像小时候一次轻盈的邂逅——跟小伙伴们出去玩，在春天穿过山谷，翻过山梁，蓦然看到一大片蔷薇环绕的院落。那家人被惊动了，出来一个女孩，竟是我们的同学魏丽。她邀请我们坐在院子里，给我们端来她外婆做的槐花饼，饼子里什么调料也没放，自有一股清香。走的时候，一人抱一捧蔷薇，回家插在瓶子里，就像把春天带回了家。后来读到"芳草鲜美，落英缤纷"，眼前就浮现出当年无心之间闯进的那个画儿一样的人家。

之后的春天，上山摘花就成了固定的节目，从迎春花开始，杏花、桃花、梨花渐次开放，瓶子里总有新鲜的花。只要有新鲜的花，春天就没有完。

记得小时候最神秘的事是去某个人家看"八点半"。"八点半"学名昙花，昙花不好养，欣赏昙花开放就成了一件稀罕事。获悉哪家的昙花要开了,邻居、同事晚饭后都会聚到他家里去看花,人们交换信息,闲话家常,忽然有人惊呼"八点半了",大家便围拢到昙花所在的房间,黑暗里,昙花张开了它的花瓣,散发着梦幻般的光芒,就像寻常生活里的一个奇迹……

至今想起来,我还有很多疑惑:为何看昙花的时候,人们都会屏住呼吸,对还在嚷嚷的孩子们说"嘘——好好看花",就好像吵嚷声会惊吓到花朵似的?为何尽管我每次都睁大眼睛"好好看"了,事后小伙伴问起,我还是回答不出来,花开的时候是什么声音。是"砰"的一声,还是"啪"的一声?也许对于孩子们来说,看花这件事的神秘感,早已被更令人兴奋的事取代了,比如结识新的伙伴、交换玩具和小人书。

惊艳于别人家昙花的美,想起我家院子里也有很多花。第二天,我爸心血来潮,撑起画板,搬起一盆美人蕉放在窗台上。清晨,美人蕉还是一个花苞;等终于画出轮廓的时候,一抬头,花瓣已经张开了;等上好颜色的时候,花已经盛开了,还伸出一丛鹅黄的花蕊。邻居们这个过来看看,那个过来瞅瞅,还搭讪几句:"肖师傅还会画画啊!"肖师傅就跟他们吹几句牛:"我上大学的时候,学校校报的插画都是我画的……"说着说着,抬头一看,眼前的花和笔下的花又不一样了,只好重起一张草稿……那天上午,那盆花肖师傅画了十几遍。那些废稿,都被邻居们捡走贴他们家米缸上去了。

有些季节,人希望把日子打个包瞬间抛过去,比如连续多日气温超过40摄氏度的夏天;有些季节,我希望一天中的每一分钟都像一滴水,能让我慢慢饮下,好好品味。就如同小时候那些个慢慢悠悠而又热热闹闹的春天:从惊蛰到谷雨,该开的花都开了,该下的雨都下了,空气澄明,天空通透,湖水清澈,一切都温和润泽。日子就像那句话——春和景明,波澜不惊。

二

长大以后，我发现每个春天都是不一样的。

比如今年春天，短到从穿棉袄到穿裙子只有两个星期，短到根本来不及注意花儿是何时开、何时败的。往年花开都是像明星走红毯一样，你方唱罢我登场，每朵花都有时间和空间充分展示自己。可是今年，季节的追赶使得花儿们也乱了阵脚，桃花、梨花、杏花、樱花、牡丹、芍药、丁香、七里香几乎一股脑儿地全部开放。就像蜂拥着出门抢购的人们，呼朋唤友，挤挤挨挨，吵吵嚷嚷，虽然俗气，但烟火气十足。

花儿不知是怎么感知到，这一年的春天会很短，错过了就要再等一年。是不是敏感的它们也能感觉到空气中的躁动不安？

今年开春，本市房价大涨，"朋友圈"里的房产中介忽然就牛气冲天了。他们发的那些极具煽动性的广告，让同事小娄都能喷出一口老血来。"看看看，在你看的时候，房子已经卖了！""昨天的房价你犹犹豫豫，今天的房价你高攀不起。"

小娄说即便不买，参与一下也可以嘛！就像考试，你可以考不好，但你不能不参加。何况，人还是要有理想的，万一实现了呢！几米不是说了："我们错过了诺亚方舟，错过了泰坦尼克号，错过了一切的惊险与不惊险，我们还要继续错过……"这句很文艺的话，让胸怀买房大业的小娄一说，感觉必须赶紧揣着钱上船，不管这艘船是诺亚方舟还是泰坦尼克号。

我是个崇尚专业的人，我觉得炒房也需要专业的人去做，像我们这样的"小白"，冲进场也是个陪跑的，激动个啥呢？可这种如火如荼的场面，不管是买菜还是买房，不管是当街耍猴还是凶案现场，只要人多，都会对外围群众产生莫名的吸引力。于是，晚餐时我跟肖师傅聊起房价的事，说的人心潮澎湃，听的人心不在焉。肖师傅这几天忙着临摹《早春图》，对炒房能挣多少钱完全没概念，但鉴于我是他亲生的，不得不耐着性子一边听我数落，一边拉着我去散步："走吧走吧，去校园里看看牡丹花……"天已擦黑，听我说房价时没精打采的肖师傅，说起牡丹来，眼睛在黑夜里竟然闪闪发光。

我们走到花园，在夜色里，循着香气费劲地寻找花丛里隐隐约约的牡丹花。对我刚才的激动，肖师傅终于做出了迟来的反应："房价涨了就叫它涨去呗！反正你看不看它都涨，可牡丹只开这几天，一场雨过去就败了。"

三

去年春天雨水特别多，多到有人在"朋友圈"里感慨："春雨好贵的，不敢下了呀。"

年初公司轮岗，报志愿的时候，我选了顺城巷分部，原因只有一个——养眼。尤其是春天，环城公园的花儿一片接一片开了——玉兰花、樱花、紫罗兰、泥胡菜、喇叭花……它们开得浩浩荡荡，弄得我每天穿过公园去上班的路上，又紧张又期待——紧张有的花儿败了，期待另一些花儿会开。我有时候怀疑自己是为了这些花儿才去上班的，就像去赴一场老熟人的约会，毕竟，几场雨过去，它们就芳踪难觅了。

公司的其他部门都设在新区的高层写字楼上——窗户外面是灰色玻璃幕墙，关门就是灰色办公隔断，植物也不是没有，电梯口摆了好几盆橡皮树和发财树。我经常狐疑地摸摸，那些一年到头都绿得发亮的叶子，究竟是真的还是假的？相形之下，尽管老城区陈旧、残破、斑驳，但是有很多古老的大树——湘子庙门口的老槐树遮天蔽日，卧龙寺里的松柏粗得要几个人合抱。这些树生长了几百年甚至上千年，躲过了战乱和各种砍伐，本身就是个奇迹，就像城墙和城门，我时常替它们捏把汗，只有活到这把年纪，老到可以冒充自己3000岁了，才可以这么笃定地矗立在尘土飞扬的摩天楼群中间，无视外界的喧哗与骚动，无惧被拆的威胁。

部门会议室的窗户，让人想到民国文人写的《囚绿记》，花窗后面是一片婆娑的新绿，这绿色随着逐渐深入的春天和不同的光线，每时每刻都在变化。听台上的人讲话听到昏昏欲睡时，目光可以在那片绿上久久凝视，若恰逢雨水丰沛，那片绿便浓得化不开。开会太无聊，时光变得极其漫长，经常会恍惚，是不是已经过去了好几个世纪，窗外的绿会不会一直在野蛮生长？等我们出去，外面的世界是不是已经大变？前几个千年，人类驯化了动物和自然，而后几个世纪，人类最终发现自己其实是在给植物打工，轮到植物占领这个世界了——林木森森，城墙上、商铺门楣上都挂满各种各样的植物，脚下生满苔藓，走一步滑两跤……

四

那些每年轮回着生发又凋零的植物，不仅仅是亲切的老熟人，还是一个个密码锁，会暗暗地记录下人生的很多事件，并打上一些情绪的烙印。当熟悉的花儿相继开放，就像熟悉的音乐响起，会引出几多感动或忧伤。

在人生的某个阶段，我们会被重重心事压着，看山不是山，看水不是水，看花不是花，甚至已经没有了季节的概念。记得多年前的某个春天，我去看望朋友阿猫，她失恋了，痛哭了几场后，要收拾东西回老家。给冰箱断电时，她把储藏的几只梨塞给我，梨已经有些蔫了，我不想要，又不好拒绝。这个季节的菜场上，红草莓晶莹剔透，黄菠萝灿烂辉煌，春天的餐桌上早就没有梨和苹果啥事了。可是不管是梨还是苹果，对阿猫来说，只不过是水果，是维生素，没有更多差别，就像她根本没有心情去分辨铃兰和鸢尾、风信子和勿忘我。她满怀悲愤，伤心欲绝，怪自己命不好、眼光差……

谁没有过见花流泪、对月伤怀的时刻呢？我想起自己曾经的那段时光，整个春天的花朵都好像在表演一场又一场的谢幕，特别扎心，但也不无治愈作用。先是迎春花星星点点，越开越少，接下来是桃花，几乎一场雨就落红成阵，四散飘零了。我揣着重重心事，徘徊在花园里，失魂落魄。丁香占满一溜儿廊檐，紫藤挂满另一溜儿廊檐，中间是此起彼伏的樱花，牡丹开得盛大隆重，仿佛能够永远如此时般繁花似锦。然而心碎的我却分明感觉到一切都在悄悄溜走，"笙歌归院落，灯火下楼台"。我双臂交叉抱着自己，防止自己也飞散成碎片。

即便如此，春天还是会来。又一个春天，我登上一座山，三色堇犹如绿海里的星辰，七里香宛若山涧里的瀑布，我心里也开出了新的花，和漫山遍野盛放的花朵交相辉映。谷雨一过，所有的花都要谢幕了。桐花是春天里的最后一拨儿花事，不过它一点儿也没有春天里其他花朵的敏感和脆弱，它带着股经摔打、耐折腾的皮实劲头，扑落一地……

然后，花期长、无惧风雨的石榴花又开了，开得火红火红。

夏天来了。

*选自《读者》（原创版）*

## 春天的声响

安 宁

想起去年此时成都的春天，出门走走，湿冷的天气并不比北方暖和多少。我找了一辆"小黄车"骑行一段时间，手便有些冰凉，但白玉兰早已在街头巷尾热烈地绽放了。簇新的叶子犹如一盏盏空灵的灯，点亮了沿街的树。屋顶上，明亮的迎春花瀑布般倾泻而下，又在半空里带着惊讶，忽然间止了步。银杏树尚未发芽，但空荡荡的枝头却已有了一抹隐约的绿意在悄然流淌。山茶花在店铺的门口安静地吐露芬芳，如果俯身去嗅，那香气会让人一时间失了魂般呆立半天。沿着护城河生长的菖蒲最是旺盛，遍地铺排开来，它们冷硬的叶子犹如剑戟，高高地刺向半空。

南方的美，在这时节不可言说。氧气被充沛的绿意一遍遍洗涤，吸入肺腑，让人心醉。北方的大道上，此刻依然荒凉开阔，南方却行人如织，慢慢热闹起来。但这种热闹，不是夏天挥汗如雨的稠密，而是恰到好处的暖和轻。走在路上的人们闲庭信步，巷子里的猫猫狗狗顽皮地一路小跑，呼哧呼哧地喘着气，皮毛里散发着春天热烈的气息。

难得今天见到阳光，人们纷纷走出家门，喝茶或者去晒太阳。因为没有暖气，南方人对于阳光的热爱，北方人大约不能理解。但凡一出太阳，大家就开心得好像买彩票中了百万大奖，呼朋引伴，赏花看水，轰轰烈烈，好不热闹。

南方似乎永远都是树木繁茂、生命旺盛的样子。阳光一出，每片叶子都近乎透明，每个角落也瞬间光芒闪烁。就在一片浓密的树丛中，我还看到几只小松鼠，衔着捡来的松果，欢快地在树枝间跳跃奔走，那光亮的皮毛在风中熠熠闪光，犹如柔软的绸缎。行人纷纷驻足，仰头注视着它们，眼睛里含着笑，好像这几只可爱的精灵是上天派到人间的使者。

再走几步，又见一棵百年古树，竟被几株清秀挺拔的松柏密不透风地团团围住，犹如相亲相爱的家人。道家讲，道法自然，大道无为。或许，像草木一样吸纳天地精华、自由自在地活着，也是人类至高的生命境界。

而此时北方的大地上，柳树枝头也已是一片鹅黄；河水破冰而出，发出古老深沉的声响；大风撞击着泥土，唤醒沉睡中的昆虫；就连大地深处蛰伏的树根，也在春天湿润的气息中轻轻抖动了一下。于是，整个北方便苏醒了。

随后的一场大雪，犹如最后的哀愁，浩浩荡荡降落人间。它短暂到犹如惊鸿一瞥——当我洗漱完毕，走出家门，阳光已经从深蓝的高空洒落下来，好像片刻之前历经的只是一场虚无缥缈的幻觉。这遍洒内蒙古高原的强烈的光，让天地瞬间光芒闪烁、璀璨斑斓。风席卷着大片大片的云朵，将它们吹成嘶吼的烈马、腾跃的猛兽、繁茂的森林、壮美的山川，或者舒缓的河流。于是，天空便有了气象万千、荡气回肠之美。

校园里飘荡着沁人心脾的花香。一路走过去，看到香气袭人的丁香，白的粉的，正用热烈浓郁的香气吸引着年轻视线的关注。相比起来，榆叶梅的香气就淡远、羞涩得多，需低头用力去嗅，香气才会丝丝缕缕地从花蕊中徐徐飘入鼻腔。一阵风吹过，榆叶梅粉色的花瓣纷纷扬扬洒落地面，那样娇嫩柔美的粉色，总让人不忍心踩下去，于是便满怀怜惜，绕路而行，却又忍不住回头张望，希望它们不要被人踩入泥土里去。

远处的草坪上,绿色的绸缎尚未完全蔓延开来,只在阳光充沛的地方,这里一片,那里一团,犹如不疾不徐的绿皮火车,哐当哐当地,以北方的缓慢速度,从南方开来。草坪上的迎春花开得无比灿烂,一丛一丛,是校园里最耀眼的明黄。麻雀们从蓄满生机的树梢上呼啦啦落下,啄食一阵草籽,又呼啦啦飞过半空,停在遒劲高大的法桐上。

操场上传来打球的欢快声响,还有进球时热烈的喊叫。那声音如此年轻,又那样蓬勃,满溢着青春的激情。

我在这样属于春天的叫喊声里,开始上课。

选自《读者》(原创版)

# 看　花

铜豌豆

在西北腹地，看花，是春天的事情。

我的出生地是一个三线工厂的家属院，依山傍河，周围是一大片桃园和麦地，再远一点儿，还有油菜地和苹果园，沿着河畔延展开来。总体来说，西北腹地梁峁起伏、植被稀疏，真正的春天要到立春后很久才来，常常会经历一两场彻骨的雨，几次裹挟着黄土的大风，乃至一次不算小的雪。春天并不能迅速到来，但热闹的农历新年已过，农人上地也没到时候，因而早春显得十分漫长。尤其是起风的日子，那风硬朗地吹过苍莽的山梁、峁塬、沟壑以及黄滚滚的河流，风大时甚至带着呼号，掀起地表的黄土。忍得过一场大风，便换来好几个晴天，往复几次，花就开了。

桃花、杏花、梨花、油菜花、丁香、海棠、苹果花纷纷开放，时间上分不清先后，记不得早晚，只是一天比一天多；粉的、白的、黄的、紫的等，依次呈现，每一天都是崭新的。当人们发现，枯寒凋敝中的漫长忍耐已经结束，总算迎来温暖明丽，便纷纷从那个军号嘹亮的院子里走出，走向田野，走入画卷。20世纪80年代，家属院里的人们有了照相机，后来甚至有拍彩照的相机，一卷36张胶片，是从日子深处挤出的奢侈品。人们搭伴儿照相，每人也不过两三张，但首要任务一直没有变：留住春天。

只要遇到春天，那些带有纪念意义的活动一定要在花丛中拍下来。30多年后的一个春节，我在老家堂屋的相框里偶然发现小学春游时老师在桃园里为我拍的一张彩照，天空明澈，白云坚定，花朵斑斓，影像的坦诚使人掂量到时光的分量。回想到那时冲洗一张照片要到几公里以外的县城，几天后才洗好，然后在灯下写信，小心翼翼地连同照片一并放进信封、塞进邮筒，直到远方回信说收到了。于是，这世界上的两个人被照片贯通了情感，穿插起景色的共享和心灵的共振，这一番辛苦才算有了着落。那么，春天的花便有了使者的气质。

当然，春天也在那个院子里驻留，白的玉兰、紫的泡桐，前后脚开放。玉兰树并不多，花也不密集，但它的好是从花苞到花朵都好，花苞洁白硬挺，花朵体量更大一些，开得早，看着也过瘾。泡桐倒是随处可见，它的特点是我在许多年以后才观察到的：先开花，后长树叶。由此回想起老院子里那些泡桐，枯干的树枝没等绿叶长出、形成衬托，便开出宝塔样紫色的花，那样迫不及待，像是一下子就要把它的好全部展示出来，凋谢后方才想起还有树叶没有长出，倒也像黄土高原上西北人的率真性情。我们通常会捡拾落下的泡桐花，找到花朵根部那一根细管，用力吮吸一口，就尝到微甜的汁液。再过些日子，槐花就开了，一串一串、细细碎碎、白白嫩嫩，弥漫着若隐若现的清香，那香气不是桂花的馥郁，而是轻灵清浅、沁人心脾，像悠扬低回的曲调。槐花对北方人的贡献不只是外在的，它还被当作食物，人们采摘下来和着面蒸成"群群"，调上油泼辣子和蒜泥，那是春天的礼物。

槐花开败的时候，就立夏了，大山深处的花期也结束了。

走出大山到江城求学的日子，春天的大事，是到武汉大学看樱花。

我们从汉口出发，倒好几趟公交车，再渡过长江，有一次还坐了轮渡，费了很长时间来到珞珈山下、东湖畔，在武汉大学的樱园里看祥云般的樱花降临。整个春天，有那么一次就足够了。那是20世纪90年代，武汉大学远没有现在这样游人如织，还未有景点的躁气，那樱花才衬出校园的书卷气，团团簇簇、白白净净地盛放。四旁的安静，使人看得到花朵轻微摇动，甚或听到风的声音。同样的樱花还在21世纪初的西安青龙寺见到过。那是一个3月的早晨，我和同学们外出上课，途经寺院的时候临时起意进入，只有我们一拨儿访客。青龙寺的樱花树没有武大多，但更古老一些，大概是因为寺院的清幽肃穆，樱花树也显得更加安然。灵地沉默不语，说樱花有圣洁的意味，也不为过吧。学生时代看花，是沸腾的虚掷，毫无理由，也不要意义，遇见便是幸运。

　　寻常日子总是不足为道。再后来工作、结婚、生子，常常因为忙碌匆匆经历很多个春天。这些年月像一双大手，推着人跑。比如春天，我在春树下不经意地来来往往、走走停停，琢磨着一项具体的工作，计划着一顿午饭，或者焦急地等待一辆出租车，耳畔是城市中四起的喧嚣，我对这样的日子习以为常，反而想不起大地以及泥土。几年前春天的一个下午，我坐在办公室望着窗外的黄河发呆，莫名想起看花的往事，还有很久以前遇到的一树梨花。那是一个老旧的小区栅栏外的一棵大梨树，墙外的楼房拆迁了，废墟边缘独独留下那一棵，苍老遒劲的树干上开出一树绵密、清白、通透的梨花，像春雷鸣响，又像一阵浩荡的长风，引领着新的四季来到这逼仄的、带着工业气息的城市。在不算太长的花期中，感受到它的气质有两重，与之初次相遇像电光火石，于无声处听惊雷，令人亮眼、惊奇且无限畅快；之后每天路过看一眼，再见便是平静，它像一朵驻留在人世的云，将人的神魂安稳下来，又放出大地的力量，使人的心更加沉稳有力地跳动。它的使命是来到钢筋水泥的丛林中，尽管在废墟一角，却担当着城市的一整个春天。

  那天我暗下决心，以后每年春天都要看一次花，无论多忙，无论去哪里，无论看什么花。

选自《读者》（原创版）

## 栽　　树

*南在南方*

　　祖父一辈子喜欢栽树，清明上坟要栽几棵小柏树，苍松翠柏，坟园怎么看，都简静、宁谧。

　　至于门前屋后，他栽野梨树、野李树、柰树，长三两年，去别家剪了雪梨枝、甜李枝、苹果枝，回来嫁接，有些当年就能挂果，着实可喜。果木树里头，樱桃树的确难栽，祖父栽了许多年，总算是栽活了一棵。一树的花，他高兴；一树的樱桃，他也高兴。

　　至于平时要用的木材，山上也有，但总不如手植的用着顺手。此类木材中红椿树是首选，肯长，笔直，十来年就能当顶梁柱了。

　　我小时候每年都跟着祖父栽树。有一年，我忽然想着自己要栽一棵树，不要人帮忙，自己找树苗，自己选地方挖坑。

　　那是棵红椿，就栽在院坝边上，一年一年过去，长高长粗，仰着头看，树梢上有个喜鹊窝。两只鸟儿飞来飞去，有一只飞下来啄晒着的棉絮，用力啄下去，使劲摆脑袋，嘴里衔着一团白飞回窝里。不久，就有小喜鹊的喳喳叫声传来，小喜鹊嫩嫩的、茸茸的……

　　日子是一天一天过的，只是回过头，有点浮光掠影，好像我们吃化肥似的长大了，开始背井离乡，可老家的景物却像是栽在脑子里，从来没有如此清晰。那些树和它们的枝叶，像是跟着我，经过一个城市，又一个城市。

　　总是要回老家，像是能在此间得到巨大的安慰，其实也有许多伤感，比如祖母离世。我们在新鲜的墓地上栽树，除了柏树、雪松和一架刺玫，我还从屋后移栽了一棵木瓜树，这棵木瓜树是几年前我从60里外的二姑家扛回来的。我后来跟二姑说了，二姑流着眼泪说："栽得好呀，就像是我陪着一样。"是啊，是一棵木瓜树，也是一份心意。

　　不几年，祖父离去，好像除了栽树，我们没有别的办法来面对那些洁白如新的石碑，好像那些小小的绿树能够装扮伤感。

　　许多路走着走着就没法走了，可是看着树，那些祖父栽的树，就好像他回来了。他去世时，那两棵栽在一起的白蜡树还只有茶杯口粗；10年之后，这两棵树神奇地长在一起，成了一棵树，四季常青，站在路口……

　　父亲花甲时，请木匠做了寿枋，这是个讲究——从此往后，若他某天不在了，就是寿终正寝，做寿枋像是致贺。

　　我们坐在院子里，一只鸟飞过去，我抬头看了看，看见了我小时候栽的那棵椿树高入云端，如今两个人合抱都抱不住了。

　　我问父亲："等我老了，这棵树做个棺材，够不够料？"父亲抬起头看，一截一截地看，他会木匠活儿。父亲肯定地说："满够！"说完这句，父亲笑了一下说，"你还小，不该问这个话嘛。"

　　有一天看余怀的《板桥杂记》，它写明末秦淮河的脂粉人物，其中有一位李十娘，有个侄女叫媚姐，当时与余怀相处甚洽。兵祸一来，物是人非，多年之后，余怀遇到媚姐。问十娘，曰："从良矣。"问其居，曰："在秦淮水阁。"问其家，曰："已废为菜圃。"问："老梅与梧、竹无恙乎？"曰："已摧为薪矣。"问："阿母尚存乎？"曰："死矣。"

　　"人非物非"，让人唏嘘不已。

后来，我不止一次想到这棵红椿，我不能确定它将来会做成什么，只是每次看到它，它便更粗了，苍黄的树皮开始裂开，时间的味道出来了，让人想起一些有关树的诗文，想起庾信的"昔年种柳，依依汉南。今看摇落，凄怆江潭。树犹如此，人何以堪"，想起曹操的"绕树三匝，无枝可依"，想起苏东坡的"明月夜，短松冈"……这松树是他手植的，父亲去世，他千里扶灵回到眉山，守孝三年，还"手植青松三万栽"……

时间深情，祖父母的墓地已经郁郁葱葱，雪松如盖，刺玫爬上树顶，看上去像是个小小的花园，这是我们想要看到的。

想起栽树，想着落叶归根，好像有点颓败，其实恰好有一点兴味，那些叶子黄了，然后落在地上，有点像送还，人也是这样。

选自《读者》（原创版）

## 湖光山色小江南

阎虎林

山是大自然的精神，水是大自然的灵魂。钟灵毓秀的天水，是大自然对山水的造化。连绵起伏的群山，既有北方的雄浑，又有南方的秀丽；碧浪奔涌的河水，既有黄河的奔放，又有长江的逶迤。天水相连，草木葳蕤，让位居陇山之西的天水有了陇上小江南的美誉。著名的新闻记者范长江先生在游览了天水之后，在他的名作《中国的西北角》里写道："甘肃人说到天水，就等于江浙人说苏杭一样，认为是风景优美、物产富饶、人物秀丽的地方。"

### 天水之山——秦岭延脉

秦岭是中国的父亲山，被人们尊为华夏文明的龙脉，司马迁在《史记》中高度概括"秦岭，天下之大阻"，这是一座横贯中国中部的东西走向的山脉，由于秦岭南北的温度、气候、地形均呈现差异性变化，因而秦岭成为了中国地理上最重要的南北分界线。天水境内的齐寿山、麦积山、关山都在秦岭的余脉上。

齐寿山古时称为嶓冢山，相传是太阳落山的地方，奇珍异草飘香，动物飞鸟嬉戏，它虽非以险峻奇幽而受世人关注，却以深厚的历史文化底蕴闻名遐迩。黄帝部落在这里繁衍生息，唐高祖李渊先祖在这里"逐鹿知机"。当地人有"齐寿山不大不小,压着三江河垴"的说法,《尚书禹贡》如是说:"嶓冢导漾,东流为汉"。它不仅是西汉水的发源地,而且是长江黄河两大河流的分水岭。至于齐寿山的得名,一说黄帝向广成子问"与天地齐寿"之道而得来;一说唐李渊诞生于此,因此取"与天齐寿"之意。站在山顶,远眺波浪起伏的松涛,慧福寺的钟声在山谷间回荡,岳镇三江的磅礴气势让众山刮目相看,可谓是山不在高、有仙则名。要从中原到达西部,陇山是必须逾越的地方。关陇古道是丝绸之路的必经之地,是历代兵家用武的军事要塞,也是北方游牧文化与中原文化的结合部。"当关陇之会,处雍梁之间",《二秦记》载:"陇坻,其坂九回,不知高几许,欲上者七日乃越"。郭仲产在《秦州记》记载:"山东人行役升此而顾瞻者,莫不悲思。"关陇古道曾让多少人望之兴叹。秦人率领军队狩猎开辟了东进的出路,秦始皇又率大军开辟了西出的驰道,秦人的足迹不曾被岁月磨灭,张骞出使西域的故事尚在传扬。如今的关山,起伏的山峦形成了独特的自然影像、茂密的森林渲染了浓郁的青绿色彩、葳蕤的草原形成了宽阔的天然牧场、清澈的河流形成了婉转悠扬的音符、蜿蜒的峡谷形成了让人惊叹的场面。"关山六月犹凝霜,野老三春不见花",关山草原独具民族特色的自然旅游资源景观已经成为游人向往的地方。

在中国四大石窟之中,麦积山石窟是唯一的人文景观和自然景观交相辉映的世界非物质文化遗产。麦积山石窟地处秦岭山脉的一座孤峰上,始创于十六国后秦时期,是闻名世界的艺术宝库,被誉为东方雕塑馆。麦积山风景名胜区占地面积 215 平方公里,包括麦积山、仙人崖、石门、曲溪四大景区和街亭古镇。麦积山以"烟雨麦积""绝壁佛国"闻名于世,麦积烟雨为天水八景之首。五代人撰写的《玉堂闲话》中说:"麦积山者,北跨清渭,南渐两当,五百里冈峦,麦积处其半,崛起一石块,高百丈寻，望之团团，如民间积麦之状，故有此名。"诗圣杜甫也有诗赞叹："野寺残僧少，山圆细路高。麝香眠石竹，鹦鹉啄金桃。乱石通人过，悬崖置屋牢，上方重阁晚，百里见秋毫。"麦积山周围风景秀丽，翠绿的山峦起伏绵延，宛如绿色的波浪。攀上山顶，极目鸟瞰，青山溢翠，万壑漾绿，重峦叠嶂，不禁让人心旷神怡、情思驰骋。有小黄山之美誉的石门山，是陇东南三大名胜之一。石门山壁立千仞、岩石顶天，悬崖绝壁间只有一条小路连接南北两峰，对峙形成一道天然石门。据石碑记载："秦州石门，陇右之灵峰，河西之鹭岛，接昆仑而蠹磅礴，映化岳而擅奇物，名山大川，脉胳相属，盖为一州之洞天福地也。"尤其是每当风清月朗之夜，或满月或半月，明月悬挂在两山之间的聚仙桥上空，银光晶莹，清辉皎洁，因此"石门夜月"亦为秦州八景之一。石门山更是有着得天独厚的动植物资源，有我国南北兼备的各种野生植物100余种，其中有很多是园林中的珍品。人们用"一楼、二洞、三奇、四杉、五兽、六珍、七花、八景"来赞美石门山，其中三奇为峰奇、树奇、石奇，四杉为云杉、水杉、冷杉、红豆杉等珍贵杉树，五兽乃绶带、麂、麝、鹿、兔；六珍即祖师麻、木通、颉草、凉菌、松籽、花椒；七花乃琼花、玉兰、杜鹃、丁香、月秀、珍珠梅、秀线菊。夜色中在石门观月、赏月、玩月、吟月，月朦胧、夜朦胧、山朦胧、树朦胧，就连观月的人也朦朦胧胧……一切都在诗情画意中。

### 天水之水——天河注水

智者乐山，仁者乐水。天水以水而名，自然离不开水的滋润了。

"蒹葭苍苍，白露为霜，有位伊人，在水一方……"每当我沉浸在《诗经》中的意境之时，脑海里就浮现出西汉水清澈透莹、微波粼粼的画卷。轻风拂拭，芦苇摇曳，柳动涟漪，水鸟鸣翠，我似乎看到那位曼妙的女子独立于河水边,眼眸静静地凝视着比远方更远的远方。微风吹拂着她的衣袂,散乱了她的云鬟,撩拨着她的思绪。她那苗条的身影在微波荡漾的倒影里更显得婀娜多姿、仪态万方。她的目光所极之处,水天一色,云河相连,只有那孤独的剪影旷世独立,留下了一个深情女子对郎君漫长的期盼,留下了一个多情女子对爱情永恒的守望。

这是多么让人刻骨铭心的情境,这是多么让人荡气回肠的画卷,这是多么让人千古一叹的长息,这是多么让人心向往之的境界!

"问世间情为何物?直叫人以身相许!"

我徜徉在西汉水边,思绪如水泛着阵阵涟漪。是谁撩起了那清清的浪花,打湿了我的衣襟?是谁满含着晶莹的泪花,敞开了你的心扉?

古往今来,有多少爱情传奇成为千古一叹!古往今来,又有多少才子佳人情河无渡?

杨玉环和唐明皇盟誓"在天愿做比翼鸟,在地愿做连理枝",一缕香魂却在马嵬坡化为云烟;虞姬和项羽出生入死、形影不离,却在乌江边上生离死别;织女和牛郎心心相印、两情相悦,却被银河分隔、天各一方。自古以来,痴情女子比比皆是,但情归何处?何以寄托?时光犹如奔流不息的西汉水,流走了岁月的沧桑,流走了无穷的期待,流走了无边的思念,流走了无尽的缠绵。让人如梦如歌、如泣如诉的爱情仍然萦绕在那位女子的思恋之中,定格在人们的心底里,让人浮想联翩、感慨万端……

银河是流淌在天上的河流,西汉水是流淌在人间的河流。银河无情地把相爱的恋人分隔在两岸,相思绵绵无穷期;西汉水多情地为相爱的恋人营造了相思地,相爱悠悠有盼头。芦苇丛里,情郎私语;秋水岸边,伊人含情。"关关雎鸠,在河之洲,窈窕淑女,君子好逑",爱情之恋,乃自然之情,自然之事,犹如阳光普照大地,犹如月亮明媚黑夜,犹如雨露滋润万物，西汉水顺应了自然，顺应了真情，并为之低吟浅唱，并为之舞之蹈之。

西汉水是多情的河，西汉水是纯情的河，西汉水是真诚的河，西汉水是爱情的河……

"上邪！我欲与君相知，长命无绝衰。山无陵，江水为竭，冬雷震震夏雨雪，天地合，乃敢与君绝！"西汉水可以作证！

秦州城的西边，有一片茂密的森林，青绿的树叶幻化成绿色的海洋，青脆的鸟鸣奏吹着美妙的音乐，阳光在枝叶的空隙间洒下来，幽静的林海亮丽得让人炫目。呼吸着清爽的空气，抚摸着苍劲的树干，感受着阳光的爱意，让人宛如身居世外桃源，不禁神清气爽、心旷神怡。

这片森林有一个好听的名字，它叫耤源。

耤源，毫无疑问这就是天水的母亲河耤河的源头。无怪乎耤河里的水有树叶的浅绿，有花朵的清香，有鸟儿的鸣唱，有生命的激情。耤河一路欢歌，来到了秦州古城，来到了伏羲的殿前。千年古城因有了山而显得灵秀，因有了树而显得灵气，因有了水而显得灵动……

在人文始祖的庇荫下，秦州城在岁月的沧桑里更加沉稳和大气，它的身影倒映在天水湖里，和蓝蓝的天幕、洁白的云朵映照在一起，洁净而美丽，自然而和谐。日复一日，年复一年，秦州城里的古槐，经过耤河水的滋润，枝繁叶茂，生机勃勃。幽深的小巷，通向历史深处，静寂的大院，积聚了文化的清明。人们的脚步在青砖地面上是那么地从容，人们的心态在静洁的空气里是那么地淡定。因为，人生总要像这门前的耤河水一样，不断地前行、前行……

耤河的水平静而淡定，但有一位女子坐在窗棂前，含情的眼眸望着行云流水，却无法排遣心中的思念和爱恋。夫妻分离，音讯茫然，唯有思念，痛断肝肠。漫漫长夜，孤灯暗然，辗转反侧，锦衾难眠；天高云淡，大雁南飞，锦书墨浓，谁能送达？"多情自古伤离别"，但一个别字怎生了得？但一个愁字怎生了得？是什么信念让这个叫苏蕙的女子每日里坐在窗前，坐在月下，坐在水边，就着红红的阳光，就着淡淡的月光，就着静静的灯光，用文字、用丝线编织了那愁肠百结、情丝缠绕、爱恨绵绵、相思无垠的《织锦图》？

是谁说"问君能有几多愁，恰似一江春水向东流"？苏蕙的愁绪何其多也？又是谁说"落花有意，流水无情"？耤河的情意何其多也？耤河的水并非无情之水，它为一个弱女子承载了过多的愁绪、愁意、愁思、愁情啊！

苏蕙以一个弱女子的执著，用一根长长的丝线，牵回了一个人，牵回了一颗心，牵回了一段情，和多少生离死别的爱情故事相比，秦州城的这个故事有一个花好月圆的结局。

夏夜里，繁星满天，银河闪烁，那位叫苏蕙的女子站在织锦台上，看着耤河边上手牵手的人们，一段传奇的爱情穿越了千年的时光。和柔弱多情的耤河相比，渭河更像是一位性格豪爽的女子，它从鸟鼠山上冲下来之后，在天水的大地上找到了自己的方向，然后头也不回地奔向了黄河。

雄浑的黄土高原，粗犷的黄土高原，苍凉的黄土高原，深厚的黄土高原，以宽厚无私的胸怀接纳了渭河。蓝天白云之下，任渭河恣意地奔跑，任渭河欢快地高歌，任渭河自由地奔放，任渭河勇敢地前行⋯⋯

黄土高原是黄色的，渭河是黄色的，黄土高原上和渭河边上生活的人们的皮肤是黄色的，这三种黄色是一脉相承的。这是在西部最独特的一种色彩。这种黄色是一种炫亮的黄，是一种金色的黄，是一种丰收的黄，是一种辉煌的黄。黄土高原就像是一位多情的汉子，而渭河就像是他钟爱的女人。他一路护送着，经过了那些散落的村庄，经过了那些低洼的河道，经过了那些险峻的峡谷，经过了那些必经的地方，奔向黄河的怀抱。

渭河两岸的汉子们，站在黄土高原的崖畔上，情不自禁地吼起了秦腔。秦腔是西北汉子们特有的腔调，是用气力和生命吼出来的最强音。那一种腔调里融入了黄土高原上的汉子们对生活的无奈，对女人的爱恋，对命运的抗争，对人生的渴望。所有这些，只有在秦腔里才能表达得淋漓尽致。

渭河就在秦腔的呐喊声里前行着，它和居住在两岸的农民们一样，承载着历史的沧桑，承载着岁月的苍凉，承载着大地的苍茫。千百年来，它一直聆听着这种从肺腑里发出来的声音，它从那苍凉的腔调里听懂了人们对命运抗争的宣言，它听懂了人们对自然顺应的心声，它听懂了人们对灾难痛苦的呐喊，它听懂了人们对美好生活的向往。

渭河流经的地方，山梁上的村落烟火更加旺盛了，山沟沟里的树林更加茂盛了，田野上的庄稼更加喜人了，槽头上的六畜更加兴旺了……

生活在黄土高原上的黄皮肤的人们和浑黄的渭河构成了一幅波澜壮阔的中国西部风情图。

选自《读者欣赏》2016年第12期

## 从雅丹到盐湖：柴达木盆地中的地质奇观

"千山空皓雪，万里尽黄沙""阵云横北塞，煞气瞑南荒"，早前读《敦煌唐人诗集残卷》中关于柴达木的诗句时，还觉得那个坐落于青海海西州的柴达木盆地只是可以尽情想象，却遥不可及的远方。谁知近来各种因缘聚合，竟成就了一场难忘的高原之旅。

我们从敦煌绿洲出发，翻越党河南山，穿过当金山口，车行约250公里后抵达冷湖——柴达木盆地边缘的一个小湖泊。

柴达木盆地地形非常独特，四面环山、沙漠居中。盆地西北是阿尔金山，西南是昆仑山，东北有祁连山脉，几大山系相互闭合挤压，造就了我国三大内陆盆地之一的柴达木盆地。位于盆地西北部无人区的冷湖，除了曾经盛产石油，还是一个雅丹丛生的地方。

在冷湖小镇稍事休整后，我们继续出发，寻找"被风吹出来的风景"——俄博梁雅丹。

雅丹在维吾尔语中称为"雅尔当"，意为"有陡壁的小山丘"。19至20世纪初，瑞典人斯文·赫定和英国人斯坦因来到新疆罗布泊地区考察，他们结合当地维吾尔人对这种地貌的称呼，将其定名为"雅丹"。于是"雅丹"成了国际地理学通用术语，特指经过长期风蚀，由一系列的垄脊和沟槽构成的地质形态。在我国旅游资源分类中，"雅丹"为地文景观，属于"地质地貌过程形迹"亚类,这个亚类还包括著名的"丹霞"地貌,丹霞以水蚀为主,雅丹多为风蚀产物。

雅丹是柴达木盆地西部独特的地貌景观。冷湖、茫崖至大柴旦3个行委分布的雅丹面积多达数万平方公里。"茫崖"在蒙古语中意为"额头",是指当地雅丹地貌远看就像一个个人的前额。在冷湖行委1.78万平方公里的土地上,雅丹面积超过9成,是亿万年前湖泊沉积物经风蚀形成的奇异地质景观。它们遍布在俄博梁、牛鼻子梁、大风山、开特米里克、南八仙、一里坪、茶冷口、尕斯库勒湖等地,是迄今国内发现的最大风蚀土林群。

这些雅丹不仅地域集中,而且种类齐全,几乎分布着各个发育时期的雅丹地貌,拥有槽垄、烽燧、兵阵、拱背、龟背、城堡、立柱、平顶、长垄、方山、金字塔等各种造型数以万计,是天然且藏品丰富的"雅丹地质博物馆"。

冷湖镇外的俄博梁雅丹远远望去,浩瀚如海、蔚为壮观,有的酷似古堡、庙宇,有的酷似军帐、陵冢,极具观赏性。这里地面以下覆盖着厚达数百米的盐碱土层,在强劲西北风和少量降水的共同作用下,形成卷向东南方向的陆地狂涛。这些棕红色的盐壳极其坚硬,好像凝结着血液的铠甲覆盖在伤痕累累的大地上。

在水鸭子墩片区戈壁中心有一座正处于发育中的高耸雅丹山峰,它像一艘高挂云帆的战舰,即将远航。在那座感觉似乎永远无法到达的"旗舰山"上,有十字架形的勘探路标,指引走进雅丹丛林里的人们。尽管如此,当你真正身临其境时,还是极容易迷失方向。在黄昏来临之前,我们放弃了继续前进,撤出了这个"迷魂阵"一般的雅丹迷宫。

车辆转入G315,越过一里坪后,在公路南侧约2公里的东、西台吉乃尔湖之间的荒野上，出现了令人意想不到的奇景，原本矗立在戈壁荒漠中的"雅丹"，却浸泡在青蓝色的"海洋"之中，显现出无与伦比的惊艳之美，这就是著名的"水上雅丹"。

长长的雅丹垄如同蛟龙出海、群鲸戏水，又好似列阵航行的战舰编队，在湖水的映衬下显得极其壮观。在夕阳的余晖下，原本土灰色的雅丹林幻出耀眼的金黄色，如同一个个带着金顶的帐篷，或金色的麦垛。据说到了冬季，晶莹剔透的湖水与精雕细刻的雅丹相映成趣，更是美得让人心神摇曳，静得让人思绪飞扬。

站在碧波荡漾的湖水边，遥想亿万年前这里曾是古特提斯海床，随着青藏高原隆起，海水消退，陆风吹起，曾经的沧海被大自然磨刻成如今的景象。东、西台吉乃尔湖水源自于昆仑山脉中段北坡流淌下来的那陵格勒河，近年来随着冰川加速消融，那陵格勒河水量大增，2013年爆发的一场大洪水使得东、西台吉乃尔湖水位大幅上升，淹没了湖岸边的雅丹地貌，形成了世界上唯一的"水上雅丹"奇景。

我们沿着G315继续奔驰在柴达木盆地中部的荒原上，抵达了可鲁克湖和托素湖。这两个相邻的湖泊分布在怀头他拉草原上，像两面熠熠生辉的蓝色宝镜，镶嵌在茫茫的戈壁与草原之间。

"可鲁克"本是蒙古语，意为"多草的芨芨滩"或"水草茂美的地方"。发源于德令哈北部柏树山中的巴音河，流经这里形成这个面积57平方公里的微咸性淡水湖。这里水草丰茂、水产丰富，成群的黑颈鹤、斑头雁、鱼鸥、野鸭等珍禽每年春季飞到这里繁殖，给人以生机盎然之感。

可鲁克湖是外泄湖，巴音河水在湖中回旋之后，从南面的低洼处流入与它相通的托素湖。"托素"也是蒙古语，意为"酥油"。托素湖面积比可鲁克湖大3倍多，约180平方公里，是典型的内陆咸水湖。湖畔上结满了盐痂，周围寸草不生，一望之下是无尽的戈壁，给人以静谧荒凉的感觉。

可鲁克湖和托素湖相互依偎，一小一大、一北一南、一淡一咸，青藏铁路自东向西从两湖中间贯穿而过，巴音河自北向南将两湖串联起来，它们有着相同的生态环境和变迁历史，却形成迥异的自然风貌和"性格禀赋"，如同生机向死寂极致转换的缩影，实在是柴达木盆地中又一自然奇观。

托素湖东北角的巴音诺瓦山脚下，有个普通的山洞，洞中有一根从岩壁中穿出的铁质管状物，铁管与岩壁嵌合得天衣无缝，似乎是刻意加工而成。在巴音诺瓦山和托素湖之间的河滩上，还有很多类似的红褐色管状物，它们或直或弯或交叉。这些管子曾与"巴格达电池""伏尼契手稿""哥斯达黎加石球"等，同被列为人类难解的谜题。经过初步检测，铁管样品中有8%的"未知"元素，于是有人猜测这是外星人的遗物，这个普通山洞也成了神秘莫测的"外星人遗址"。

托素湖惊现的"外星人遗址"，引起了地质学界关注。先是8%的不明元素被验明正身，竟是常见的金属元素钾、铝、钠等。那些管状物也是远古气候与地质变迁的产物：距今数百万年前的柴达木盆地还处于亚热带，充沛的雨量使植被繁茂。此后，托素湖开始剧烈地沉降，树木被埋入地下，地下的铁元素经历复杂的化学反应后，被吸附在不易腐烂的树木韧皮部，构成铁质管状物的最初形状。所谓的"外星人遗址"，其实只是刚被发现却经历了漫长时光的又一地质奇迹。

在德令哈市区完成补充休整之后，我们再次北上，前往哈拉湖。"哈拉"源自蒙古语"哈拉淖尔"，意为黑色的湖，面积约607平方公里，是青海第二大咸水湖。海拔4075米的哈拉湖又被称作"天湖"，位于海西州东北部，距离德令哈市约 150 公里，是深藏在祁连山系腹地的一片原始净土。

两条较大的内流河汇入哈拉湖，湖周边多是沼泽和浅湖泡，前往哈拉湖的道路基本为砂石路和车辆碾压形成的便道，道路蜿蜒于祁连山脉的高山丘陵之间，穿越多处草原、湿地与河流，一路跋涉，十分艰辛，却又风光无限。

伴随着高原反应，我们站在湖边极目四望，静静地欣赏着美丽的哈拉湖。她那柔软的蓝色躯体，静静地依偎在疏勒南山的臂弯中，远处的雪山连绵起伏，身边是芳草织就的如云绿毯。"雪山万仞入云里，翠液千里凝天湖"，眼前的哈拉湖微波不兴、平滑如镜，湖面倒映着天空，天有多蓝，水就有多蓝。置身于这亘古的风貌、原始的静美之中，你什么都不需想、不需做，只要静静地感受就好，感受着这一份来自远古，却已在现代生活中消逝的珍贵体验。

从哈拉湖回返，沿着另一条东南方向的便道，跋涉近 200 公里后，我们抵达了"天峻石林"。天峻石林是罕见的高原石林，其岩层构造与云南石林相似，都是喀斯特地貌孕育出的奇特景观。所不同的是，天峻石林在形成过程中遭遇青藏高原抬升造成的干旱，水蚀过程未能完成，却又经历了漫长的风蚀，水蚀与风蚀的复合加工造就了它独特的形貌。

与云南石林相比，天峻石林更加粗犷，带着浓郁的豪迈气质。漫山的石林有的笔直高大，有的傲骨不凡，有的憨态可掬。这些石林多呈青灰色，褐红、灰白等色掺杂其间，横涂竖抹，却浑然天成。走近石林仔细观赏，不少石壁上还绘有栩栩如生的藏传佛教壁画。在壁画、经幡和哈达的点缀下，雄浑的天峻石林又增添了几分神秘气息。

与天峻石林相距不远的哈里哈图国家森林公园，是柴达木盆地保存最完好的天然林区。那些由祁连圆柏、青海云杉等树种构成的森林古老苍劲，树龄多在300到500岁，却依然郁郁葱葱。园内保存着诸多恢宏的自然景观、古朴的民俗风情、绚丽的民间艺术以及神秘的藏传佛教文化，诸如金银滩、松波湖、天泉神水、玲珑神树、都兰寺等都是知名景观，形成了地文、水域、生物和人文景观高度融合的综合性森林公园，这在荒凉的西部高原中极为少见。

离开哈里哈图国家森林公园，我们穿过乌兰县城、茶卡镇一路南下，最终抵达海西州的最东端——茶卡盐湖。

"茶卡"是藏语，意为盐池。茶卡盐湖以盛产"青盐"著称于世，盐湖东西长15公里、南北宽9.2公里，开采面积约105平方公里，盐层平均厚度超过4米，储量高达4.5亿吨。

茶卡盐湖的形成与地质运动密切相关。亿万年前，原本位于海底的青藏高原开始抬升，部分海水留在了低洼地带形成湖泊，茶卡盐湖就是其中之一。随着高原上干旱少雨气候的加剧影响，湖域面积不断缩小，大量盐分沉积在湖底，湖泊的咸化程度越来越高，最终形成了今天的茶卡盐湖。

与其他盐湖相比，茶卡盐湖是一个固液态共存的卤水湖，湖底有一层厚厚的石盐层，盐层上覆盖着浅浅的清澈卤水。人站在石盐层，就像漂浮在水面上，加之雪山、蓝天和白云的倒影，共同营造出美轮美奂的视觉效果，茶卡盐湖也因此赢得"天空之镜"的美誉。

穿着雨鞋沿着景区那条废弃的铁轨，我们向盐湖的深处走去，铁路两侧的盐湖也有不同，一侧浅白、一侧幽蓝。走到铁轨尽头，视线穿过银白的湖面，只见远处的湖岸延绵浮动在雪山脚下，环顾盐湖上下四周闪现着梦幻般的色彩，那碧蓝的天空、蝴蝶般飞舞的云朵，还有白莲花般倒映在湖中的云影，组合成一幅绝美的画面，让人恍惚迷离，仿佛进入一个空灵的梦境。

不知不觉间月出东山，在如水的月色里，我慢慢地走向灯火阑珊的茶卡小镇，脑海中却不断地闪现着这次柴达木之旅。

从雅丹到盐湖，从戈壁到绿洲，从死寂的无人区到喧闹的德令哈，梦幻与现实不断地交替出现，大自然用漫长的光阴和神奇的伟力，在这片土地上塑造出一个又一个地质奇观，让人心中迸发出由衷的赞美与惊叹。赞叹之余，又恍然发觉生命竟是如此的短暂与渺小。

我突然想起了李白《春夜宴桃李园序》中的那段名句："夫天地者，万物之逆旅也；光阴者，百代之过客也。而浮生若梦，为欢几何？"在永恒的宇宙天地中，我们不外乎是个匆匆过客。或许，只有走出家门、走进自然，将上苍赐予我们的种种美好与不凡，照单全收，才不辜负我们在天地光阴中走过的这一遭。

选自《读者欣赏》2018 年第 6 期

## 大地哀愁

安 宁

秋天一到呼伦贝尔草原，男人们便一边在院子里忙着检修打草机，一边四处打听今年谁家的草场更好。黄昏还没有来，草尖上就浮起了露水。在庭院里站上片刻，湿漉漉的凉意便化作细滑的小蛇，沿着脚踝向上爬去，冷飕飕的。在暮色中沿伊敏河走上一会儿，会偶遇一两只孤独的飞鸟，在河岸上空久久盘旋。风沿着枯黄的草原吹来，吹得人心上起了苍凉的褶皱。奶牛们蹚过冰凉的河水，列队朝家中走去。小镇上人烟稀少，偶尔有男孩驾驶着摩托车，风驰电掣般穿街而过。

蜂拥而来的游客犹如溃散的军队，迅速地撤离；被无数双眼睛和照相机打量之后的草原重新归属牧民。于是，打草的机器便代替了人的双脚和车轮，在大地上日夜劳作。一捆捆草仰躺在大地上，注视着深蓝色的天空，那里依然有夏日残留的云朵在无拘无束地游荡。再过一个多月，大雪就会来临，夏日所有的喧哗都将被封存进茫茫无边的雪原。

与热烈的夏天相比，我更喜欢内蒙古高原上的秋天。刚劲的大风吹去枝头的绿色，大地重现寂静孤独的面容。收割完毕的土地上，泥土裸露，秸秆零落，放眼望去一片荒凉。接下来的半年，塞外将被大雪层层包裹，生命隐匿，大地荒芜。也只有此时，内蒙古高原才向真正懂它的、世代栖息于此的人们，展现它最为凌厉也最为诗意、哀愁的一面。

想起去年的秋天，我前往鄂尔多斯高原，在沙漠中徒步行走。大风席卷着云朵，吹过浩瀚无垠的沙漠，在上面画出绚烂的花朵。秋天的沙漠腹地犹如浩荡的海洋，是另外一种壮阔的美。细腻的沙子在高原的阳光下熠熠闪光，天地间满目耀眼的金黄，除此之外，便是与沙漠遥遥相接的宝蓝。风呼啸着吹过来，卷起漫天黄沙，人被裹挟其中，渺小犹如尘埃。只有低头在沙漠中行走的骆驼，会用温暖的驼峰向人传递着可以慰藉漫长旅途的温度。它们长长的影子在黄沙中缓缓地向前移动，不疾不徐，枯燥却有着无限沉稳的力量。没有起伏的平静喘息，伴随着声声驼铃，在永无尽头的单调色泽中，一下一下撞击着人心。

我又想起在飞机上倚窗看到的云朵。我真想变成其中的一朵，飘荡在浩瀚的天空，不与任何一朵发生碰撞，更不与热闹的人间烟火发生关联。我只是我自己，被包裹在万千耀眼的霞光中。风来了也不动，雨落了也不走，没有什么能够让我心生波澜。飞机之下是苍茫雪原般的无边大地，让人很想种下亿万朵火红的玫瑰。即便那里是荒芜的，也可以做一个天真烂漫的孩子，在上面自由地打滚、跳跃、奔跑、呼喊，发出丛林野兽般的吼叫。

或许，没有什么生命能够比这存在了亿万年的洪荒大地和辽阔天空更加永恒。即便是二连浩特恐龙家园中那些长达 40 米、重达上百吨的庞然大物，它们曾经在内蒙古高原上栖息繁衍、奔跑飞翔，最终也在这里彻底灭绝。只有永无休止的大风，带着亘古的威严，从凛冽的寒冬出发，向着万物复苏的春天，浩浩荡荡，长驱直入。

选自《读者》（原创版）2021 年第 2 期

## 小叶章的故乡

关玉梅

一

父亲说，小叶章的骨头最硬。

40年后，我长到父亲当年说这话的年龄时，才慢慢懂得这句话的含义。

小叶章是一种草的名字，禾本科植物，六七十年前，农村普遍用它做泥草房的苫房草。此外，也可做牲畜饲料和烧火引柴。

在我眼里，小叶章是农耕村落中泥草房的标志性符号，它是有灵魂的。

春天，第一抹新绿最先从地表露头，那是草活了，小叶章摇摇晃晃地铺满沼泽、湿地，它是覆盖在黑土地上的绿毯子；冬天，它是戴在泥草房上的裘皮帽子。在村民眼里，它更是御寒叶章的的草、救命的草、能够挤出奶的草。那一幢幢在阳光照耀下闪着金光的泥草房，伴随着袅袅升腾的炊烟、鸡鸣狗吠的夜晚，演绎着日出而作、日落而息的农耕生活。

小时候，3间泥草房里挤着一家7口人，夏天漏雨，冬天透风，我们盼着房顶上早一点儿换上新房草，可父亲身体不好。一年一年地拖下去，屋顶漏雨严重时，父亲会爬上房顶，在漏的地方塞些草，盖上一块塑料布，上面用石头、木块压好，时间久了，黑褐色的苫房草长出深浅不一的绿苔藓，烟囱旁也会长出一两株草或几朵淡黄色的小花儿。岁月的尘埃蓄满了房顶,成为它们生长的土壤,我惊叹于它们寄生在如此贫瘠的环境却开出绚丽迷人的花朵。

我爱这巴掌大的风景,有花儿盛开的日子就有希望。我甚至觉得那一株草、一朵花儿更像年幼的我们,伸长脖子看向外面的世界。

住泥草房的庄稼人都知道,苫房草很有讲究。苫房草一定要选择好,否则,春天雨季来临的时候,房子就会漏雨。

我的家乡,苫房子主要用的草就是小叶章。小叶章未成熟时,水分大,韧性差,容易腐烂霉变;收割过迟,或者经秋霜打过,水分散失大,容易脆断,导致它作为苫房草的质量下降。因此有句谚语说得好,"立秋忙打甸"。割下的苫房草略经晾晒,捆成把,码垛,等到来年开春备用。

## 二

我们家终于要苫房子了,这在农村是仅次于娶儿媳妇的大事!

记得那年 8 月,父母拉着我和弟弟去割苫房草。父亲赶着牛车,吱嘎吱嘎的车声划破了寂静的荒野。"驾,驾",父亲鞭打老牛的吆喝声在空气中回荡着。北方的初秋风有些凉,爸爸裹着棉袄,妈妈用棉被裹着弟弟,一家人坐在车上摇摇晃晃地朝东大甸子驶去。

父亲先是把牛拴好,割些鲜嫩的草喂它。弟弟因为起得早,这会儿已经在车上睡着了,母亲把弟弟身上的棉被披了几下,嘱咐我看住蚊子,别咬着弟弟。

太阳圆圆的脸,刚好从地平线上探出来,一望无际的沼泽地如巨幅油画铺展在黑土地上,微风摇曳着草,一棵压着一棵匍匐而来,它们弯腰的姿势和村子里的村民一样虔诚,对土地怀有深深的敬意;那些红的、黄的、紫的、白色的野花儿穿插在草丛中,像极了碎花布,真想扯一块做衣裳。

　　父母弯腰挥舞着镰刀，镰刀所到之处留下齐齐的草根，像是给那块地剃了个板儿寸。父母一会儿冒出个头，一会儿又被草浪淹没，只有"唰唰"的割草声回荡在无尽的草深处，偶尔也会惊动草丛深处的鸟儿，忽地蹿向天空飞向远方。小叶章的花穗儿呈黄绿色，仲秋季节开得正盛，湿漉漉的草地飘荡着淡淡的、甜甜的花香，弥散在空旷的原野，这是我一辈子也忘不掉的香啊！沼泽地中，我喜欢凸显的塔头胜过别的花儿。

　　塔头是一种高出水面几十厘米甚至1米的草墩，是由沼泽地里包含小叶章在内的各种苔草的根系死亡后再生长，再腐烂，再生长，周而复始，并和泥灰碳长年累月凝结而形成的一座又一座类似单层宝塔的景观，俗称"塔头墩"或"塔头墩子"。长大后我才知道，塔头年岁最长可达10万年，其生命力胜过沙漠里的胡杨，是一种不可再生的天然植物"化石"。

　　那些嫩绿的塔头像绿宝石一样不规则地镶嵌在水中，清净的水面映衬着它们的倒影，如一个个少妇站在水中清洗乌黑的长发。塔头上最壮观的是一种三棱苔草，春季绽放出像棉花球一样的花朵，粘在草尖上，随风摇曳。它们一片一片地独占着自己的领地，霸气地开着，气势磅礴，不可阻挡。

　　这些美好的花草构成了安置我灵魂的城堡，在夜深人静的时候，听一棵棵草讲着它们的前世今生。

　　晌午，我们坐在坝上，远远望去，父母拖着疲惫的身体回来了。他们的裤子已湿到膝盖，球鞋里灌满了水，走起路来发出扑哧扑哧的响声。父母就着咸菜吃干粮，把鸭蛋、鸡蛋留给我和弟弟。父亲一边儿嚼干粮，一边儿磨镰刀；母亲则躺在地上直直腰板。我看到父亲的绑腿布松开了，手上被草割了很多密密麻麻细小的口子；母亲的鞋也是湿的，裤脚裂开一处大口子，一只小虫正沿着口子处向上攀爬，我正准备抓住它捏死，母亲伸过手挡住我说："放它走吧，它也是一条命。"

傍晚的云霞特别好看，霞光照到哪里，哪里就五彩缤纷。父母把捆好的草一捆捆抱上车，整齐地码起来，再用绳子绑好。我和弟弟坐在草堆的最中央，父亲赶着车，母亲坐在一旁，我们和太阳一起淹没在夜色中。

如此往返半月有余，我家的苫房草终于备齐，明年开春就可以苫房子了。

三

苫房子那天，场面极其宏大，全村的老少爷们儿齐上阵，凡是有劳动能力的男人差不多都来了；女人家也不示弱，东家送盆米，西家送盆面，张家送鸡蛋，李家送白糖，还有的送各种蔬菜，一篮子一篮子摆在院子中央，活像一个菜市场。

好的泥草房使用七八十年都不会坍塌。苫房时，男人们在屋外选苫房草，一部分人铡草，一部分人传递，一部分人在房顶铺草。铡草人要梳掉草捆中夹杂着的小细草，然后用铡刀铡去草的根部，小叶章坚硬的杆齐刷刷露出来了，它们如一根根坚硬的骨头，抽去皮毛和鲜血，依然铁骨铮铮。传递的人开始在房子与地面间竖起长木梯，分别站在不同的位置传草，他们传草的姿势优美娴熟，像传球一样精准。在房顶上铺草的人技艺是最棒的，他们要保证房子几十年甚至上百年不漏雨，所以小心翼翼，从房檐开始一层一层按房顶的坡度循序渐进向上铺展开去。女人们则在屋里择菜、做饭，有爱开玩笑的会和外面的男人嬉笑对骂，女人的笑声、炒菜的香味儿从茅草房中升腾出来，那场面令人至今难忘。

房子苫好了，四周的外墙也用泥厚厚地抹了一遍，泥草房焕然一新，阳光照在新苫的房草上，金光闪闪。我们在院子里蹦啊跳啊。那些从房顶上拆下来的褐色小叶章被父母整齐地摞在一起，当作烧火引柴用。

小叶章4月初萌发，五六月生长旺盛，7月抽穗扬花，八九月形成越冬草，它们自我生长，自我管理，周而复始，演绎着一颗种子顽强的生命历程，是淳朴的乡亲赖以生存的物质和精神家园。小叶章用尽一生，最后燃烧成一堆灰烬，发挥余热，温暖着茅草屋，温暖了朴实的村民，而那些被大雪覆盖的腐蚀草，200天后，根部又将重现新的嫩芽，又将形成浩渺的草原，又将滚动着海浪样的花海，占据着北方的盛夏。

多年以后，我才明白，为什么我的梦里总是浮现出风中摇曳的小叶章、草间五彩缤纷的野花、一簇簇婆娑起舞的塔头，原来，我的灵魂和筋骨早已长成了它们的模样。

四

我喜欢每一棵草，历尽千万年的生死轮回，生生不息，形成燎原之势，虽生于卑微但死于壮阔，虽身形窄小却胸纳百川，在最贫瘠的土地上长成最曼妙的风景。我想到我的父母和我的乡亲们，他们面朝黄土背朝天，像一棵棵草，紧紧抓着土地刨食，春夏秋冬，风餐露宿，仍无怨无悔。

走在错落有致的泥草房间，内心宁静淡泊，一棵草的平常心教会了我活着要简约、单纯。每当看到这些泥草房，我都感到无比亲切。摸着泥草房的墙体，望着整齐的苫房草，凝视房檐下燕子垒的窝，我都会潸然泪下。

记忆中的村庄，清一色的泥草房，有着青石板的小桥，袅袅升腾的炊烟，趴在屋门外的狗，扯着嗓子打鸣的公鸡。最重要的，村庄是走出去的村庄人的灵魂家园，是每一个游子安放乡愁的故土。哪一天，他们累了、倦了，想回来，住在泥草房里，睡在热土炕上，守着一盆火、守着一份亲情，就守住了一份踏实，守住了一份乡愁。

我知道，那些泥草房迟早要退出历史舞台，但小叶章带给我们一代又一代人的温暖与快乐早已根植于灵魂深处，生长在坚硬的骨头里。

选自《读者》（原创版）2021年第1期

## 冬天的记忆

怅不戒

一

长江中下游的冬天是阴郁的，伴着北风、冻雨和冰雪，持久地释放着极具穿透性的寒，穿透蔚蓝色黎明中的鼻腔，穿透阒寂夜晚里的被褥，一点儿一点儿地蚕食所有空间。但我回忆起冬天来，却是一条橘色河流一般的温暖记忆。

那暖意来自木材，是大地母亲充沛能量的转换，是火，是光，是照亮黑夜的莹莹人间之星。记忆中，每到秋末，爷爷就会去挖树根。老家后山有一大片松树林，春夏时，松涛阵阵如海浪，到冬天落下厚厚一层松针被人们当作柴火。但松针燃烧得太快，只能引火，火塘里要用结实的树干和树根当燃料。每到秋天，会有商人来砍树，树干被卖掉后，只剩下一个个孤独的树桩，带着深深盘曲在地底的根须。爷爷扛着锄头爬上后山，吸完一袋烟，把烟杆往地上一放，往手心吐一口唾沫，双手抓起锄头，沿着树桩开始挖。树根有多长，锄头就要掘多深。爷爷脱下毛衣，搭在野茶树的枝条上，额角沁出一滴滴汗珠。那掘出的树根像个张牙舞爪的怪兽，枯瘦又庞大，布满狰狞的爪牙和结节。挖出的树根堆成一座小山，要用独轮车慢慢运回院子。

当一场霜在草尖上画出美丽的几何图案时，沉寂一年的火塘就此苏醒。火塘建在火屋，不过是靠墙用一圈土砖围成个四四方方的空间，旁边摆着三把椅子和一张小桌子，一边摆着堆到大梁的木材，一边是木制的柜子般的鸡笼。大梁上垂下一根长长的铁钩，上面布满火垢、烟灰，大铁钩又拉了一条铁丝，上面挂满小钩子，是专门用来熏腊肉的。当火塘里点燃温暖的橘色光团时，铁丝上也挂满了用棕榈叶拴起来的腊肉、香肠。橘黄色的火光，一点点爬上苍老的树根，用热量把里面的松脂烘烤出来，油花在包裹着泥土的表皮上噼啪轻响，然后爆出一朵蓝色的莲花，火舌伸得长长的，一口一口舔舐着树根上方吊着的水壶漆黑的底。

火屋里弥漫着淡淡的青白色的烟，打着旋儿升上屋顶，从明瓦的缝隙蜿蜒而出，剩下的被关在房间里的只有松脂浓重的香味。树根不像木材那样，燃烧时有明艳热烈的火，而是橘红的内核滚烫炙热，沉沉地烘烤着表皮的水分，只有松脂燃烧时迸溅起一两朵火花，其他时候只是一团沉寂的橘色，像缀挂在枯枝上的柿子，像夏天围墙上爬出的凌霄花，像是从画布上摘下的一块颜料，随着时间和气流变幻颜色深浅和纹理走向，这样细微而丰富的变化，让我百看不厌。

二

冬天的白天，我总是窝在火屋里，着迷地看着火。树根烧得极慢，往往一个树根能烧好几天。我坐在火塘边的椅子上，一会儿用火钳扒开灰，一会儿握住树根的根须给它翻面，搅得烟灰冲天。爷爷把搪瓷缸放在土砖旁的炭灰里，茶缸里的茶水就能保持一整天的热度，熬成浓浓的中药汁般的苦涩黑水。我会把红薯埋进炭灰里，做烧红薯，等红薯的香味飘出来时，就用火钳扒开灰，把黑黑硬硬的一团夹出来，剥开碳化的表皮，里面是橘红色的滚烫嫩肉，咬一口，蜂蜜一般在舌尖流动。

偶尔父亲回家，会给我做烧香肠，方法是他自创的，用毛边纸把熏好的香肠层层包裹起来，包得极紧、极厚，然后往最外面的纸上喷点儿水，埋进火塘里。等到香味飘出来，扒拉出来，外层毛边纸烧成黑色的碎屑，一层层剥开被油浸成透明黄色的纸，里面的香肠已变成诱人的红色，肠衣焦脆，肠肉细腻油亮，因为油脂被烤出来了，吃起来一点儿都不腻。我之后吃过很多不同做法的香肠，但最喜欢的还是童年的烧香肠，也不知父亲是怎么想出来的。

我们还会在火塘边煨水果，一般是柑子，因为自家有片柑橘园，这东西又可久放，埋在松针里可以吃到开春。柑子水分多，冬天吃难免齿寒，但煨热之后就不会了，是暖烘烘、酸酸甜甜的一团，剥开后，每瓣都是偷来的小太阳。

吃完柑子，大人们将柑子皮放在火塘边烘干，集满一袋就拿去药房卖掉。但我总是喜欢把柑子皮丢进火里烧，橘色的火包裹橘色的柑子皮，湿润的果皮慢慢卷曲，发白，然后变成明亮的红，柑橘的清香就溢满整个房间，像是这里有初夏雨后柑橘园里铺天盖地的橘花一般。

三

因为有了火塘，有了树根和柴火，原本寒冷的冬天反而带给我一种迷离梦幻的、仿若夏日的享受。不管房子外面是吹着夜枭悲鸣般的北风，还是下着让人手脚麻木的冻雨，或是已经铺上棉絮般厚实的白雪，在砖石和木材隔开的这座小屋子里，温度永远不变，色彩也永远不变。灰暗的光线下，飞扬的灰尘中，不变的永远是那橘色的温暖光团，仿佛是亘古不变的真理，屹立在阒寂的冬季里，用低沉的语调述说着四季和自然的秘密。伴着袅袅茶香，伴着松脂的沉沉暗香，伴着芸香科果皮的爽朗酸涩的清香，喝一碗甜腻的醪糟，每个毛孔都透出暖意。

　　冬天的夜，是没有杂质的安静，静到土壤深处，能听见树叶落地时清脆的啪嗒声，能听到鸟雀在巢中的梦呓，每一丝最细微的颤抖都能在风中扩散至远方，水波一样，层层涟漪，冬天的夜是最静的湖。而人却是要打破这静的。冬夜的卧室里，我躺在垫着松软稻草的床垫上，盖着新棉花弹成的棉被，在炭盆暖烘烘的热气中眯着眼昏昏欲睡，奶奶坐在椅子上，对着靠墙的小桌子织元宝席子。手指宽的蒲草从奶奶手中流过，编织成铜钱厚的草席，晒得干脆的蒲草沙沙作响，雨声一般。

　　进入冬天，农村的老人准备做棉鞋时，奶奶就会趁晚上织元宝席子，然后拿到镇上去卖。八仙桌桌面大小的一张元宝席子卖5分钱。收元宝席子的人拿到不产蒲草的地方去卖，做棉鞋的人买去裁鞋底子用。

　　奶奶也给我做棉鞋，她把我的脚按在元宝席子上画一圈印，然后剪下来，两面糊上厚厚的布片，干了后，戴上顶针，用针一样粗的棉线纳千层底，鞋底做好后再做鞋面，最后把鞋面装在鞋底上，棉鞋就好了。这样的做法，是江汉平原千百年来的做法。我脚上青蓝色的小棉鞋和千年前楚地小女孩的冬鞋别无二致。

　　冬天，家里买盐买酱油的小钱都是奶奶用一张一张元宝席子换来的。细密如雨的沙沙声，伴随了我一个又一个冬夜。在昏黄电灯罩的影子和淡淡的干草清香味里，我的每一个梦都带着春天苍翠的绿色，莹润清亮，带着氤氲水汽的暖融。

　　母亲不会织元宝席子，但会织毛衣。一到冬天，她就会拿出柜子里的竹针，去镇上的毛线店挑毛线。红色的、绿色的、蓝色的、灰色的毛线，绕成一个个蓬松的球，腈纶、棉线、混纺、羊毛，材质不一样，手感也不一样。母亲买回线，我帮她绕，缠成一个个紧紧的小球。

洗完澡，被子里被热水袋烘得暖暖的，我钻进被子里，上半身穿上棉袄，靠着枕头看电视。那时的电视剧都格外好看，好看到一分钟都不想错过，早早就调好台等着，有《红楼梦》，有《西游记》，还有各种武打片。

母亲坐在我旁边，把毛线球塞进棉袄口袋里，两只手拿着竹针，一边听电视一边打毛衣，毛线球在口袋里滚啊滚，4根竹针别来别去，线却总也用不完。放广告的时候，我好奇地低下头，呀，母亲手里的毛衣又长了一寸。

电视里的声音划破漆黑的冬夜，我却总是看不到结尾。在电视声音和母亲偶尔的咳嗽声中，我的眼皮越来越沉，最后上半身再也坐不稳，一歪身子，滑进被窝里睡着了。

四

冬天的那些日子里，每天都藏着一个新的快乐：也许是火塘里新换了一批木材，每种树燃烧的味道都不一样，每棵树里寄居的小客人也不一样，火焰炙烤中，木材里有白色蠕虫爬出来，也有奇怪的黑色甲虫，长了虫的木材是空心的，烧起来噼啪作响，如放炮一般；也许是从松针里摸出一只外形奇怪的柑橘，并蒂双生，果皮和果皮连在一起，橘瓣却是分开的；也许是得到了一双新棉鞋，穿上后，双脚如同踩在云朵上，我忙不迭地在院子里跑来跑去，试试鞋口的松紧；也许是得了一件新的橘粉色带花纹的毛衣，穿上后，细嫩柔软得像是躺在泡沫上一般，感觉自己美得不容置疑，入睡时，我虔诚地将它放在枕头下面，期盼着第二天到学校去收获艳羡的目光……

那么多点点滴滴的快乐，每一天都带着明亮的橘色，缎带一般，编织起那些童年的岁月，汇成一条温暖的河流。

直到现在，我想起冬天，脑海里的第一反应不是冷，而是暖烘烘的橘色，是橘色的火塘，是橘色的柑橘，是剥开后冒着热气的橘色红薯，是亮晶晶的橘色腊肉，是软糯的、橘粉色的毛衣，是松脂的沉沉暗香，是蒲草带着水汽的清香，是一条浩浩荡荡的温暖河流。

选自《读者》（原创版）2021年第1期

## 波光潋滟 塞上江南

柯 英

从河西走廊经过的人们，看厌了连绵起伏的荒山秃岭，看倦了无穷无际的戈壁黄沙，只要目光在张掖大地上停留一刻，我相信，过客们定会眼前一亮，为西北有这样绿意盎然、湖泊纵横的地方而惊叹。

在任何一个制高点瞭望张掖，都能清楚地看透这座古城的五脏六腑。南面的祁连山，苍山黛雪，素练长舞；山下，荒原横陈，河流如带，杂树生花。北面的合黎山，铁骨铮铮，苍龙回首；山下，沃野平铺，湖泊如碧，绿草荡波。

祁连山是一座闪烁着神性光芒的山。它崛起于青藏高原北部边缘，因匈奴呼天曰"祁连"而得名。古代地理典籍中统称为"昆仑山"，是神仙西王母的居所。整个山脉西北与阿尔金山相连，东南接秦岭、六盘山，东西绵延1200多公里，跟昆仑山脉、阿尔金山脉、秦岭山脉等，都是最早形成的东西走向的山脉，共同构成中国地形西高东低的大致走向，成为中国第一阶梯和第二阶梯的分界线。

因着这样的地势，中国地理上有了一个独特的现象：海拔最高的青藏高原孕育了长江、黄河、澜沧江等举世闻名的大江大河。海拔3000米以上的祁连山也一样，孕育了黑河、石羊河、疏勒河三大内陆河流。

黑河又称弱水，源于祁连山雪峰，依次纳入山丹河、梨园河、摆浪河、洪水河等支流后，穿过张掖市的甘州区、临泽县、高台县，跨正义峡进入酒泉市的金塔县，最终注入额济纳居延海，长达900多公里，是中国第二大内陆河。《水经注》里的记述大致是：远古的黑河泛称"西海"，是一条波涛汹涌、汪洋恣肆的大河，从西北一直流到黑龙江，与黄河的长度不相上下。

这条水脉，神奇地点化了荒芜的戈壁沙漠，造就了张掖和额济纳两大绿洲。在悠远的岁月里，它便是流泻在河西大地的一卷长书，轻盈灵动，舒展流畅。

张掖处于黑河冲积扇形成的三角洲之上，形如盆地，平均海拔1400米左右，在西北高原算是低平的地势。黑河从祁连山奔泄而出，地下径流顺势就低，汇聚这里，形成了苇溪连片、山光倒映的湿地之城。

据史料载，明、清时期，甘州城内水湖约占全城面积的三分之一。清朝人编纂的地方志上有一幅旧时城区图，古城城外有护城河环绕，城内由南而北，从甘泉至又一园（今甘泉公园），城中之湖穿城而过，湖中皆芦苇，春天碧波荡漾，水鸟栖息；夏天绿苇茵茵，翠色浓郁；秋天荻花摇曳，鱼跃雁鸣，"苇溆秋风""甘泉观鱼"都是古时甘州八景的优美风光。湖泊沿岸垂柳依依，景色清幽，古人曾有诗赞："水天相晚碧沉沉，树影霞光重叠深。"城南甘泉，是城区水溪的主要源头，这股清澈的泉水，使甘州城水韵十足，素有"河西第一泉"之称。城北护城河上的四善桥，按财、官、丁、寿取义，是清朝时提督苏阿宁建造，旧时桥头牌楼曾有一联云："桥头看月色如画，田畔听水流有声。"

长期以来还流传着"甘州不干水池塘""四面芦苇三面水""水六庙三一居处"等许多民谚俗语。这记实的诗句谚语，更加印证了旧时张掖的原生态湿地面目，深藏着人们对一个城市的文化记忆。

黑河给了张掖及黑河沿岸的百姓太多的恩泽,"天下称富庶者无如陇右"的赞叹也因黑河而定。且不说西汉时期移民实边,开千金渠引黑河灌溉;也不说三国时的徐邈在河西兴修水利、广开水田;更不说唐代甘州刺史李汉通恢复屯田,兴修水利;只说明朝诗人笔下的张掖吧,一位叫郭绅的诗人在写甘州的诗中云:"甘州城北水云乡,每至秋深一望黄。穗老连畴多秀色,实繁隔陇有余香。"这首诗写的是甘州城北的乌江稻田。西北内陆本不适宜种稻,但甘州城北常年溪流潺潺,构成了稻米种植的天然条件。元初,董文用以中兴省郎中的身份到河西督垦,开渠引水,治理水利,还从中兴引进稻种,在黑河沿岸的甘州区乌江镇一带种植成功,光照充足,生长周期长,味道格外醇香,乌江稻米一度成为贡品。时隔千年,回望这一片古朴的水云乡,平畴沃野,林茂粮丰,瓜果飘香,依旧像一幅历久弥新的油画悬浮在岁月深处。

翻阅清人编纂的《甘州府志》,居然有一百多处写到了水,大概那时的编纂者已经深深体味到了这座城市的最大亮点。总纂钟赓起在"水利"篇编后,一反志书客观叙述的方式,用了抒情的文字感叹:"水哉!水哉!有本者如是。"这是一个史学者对张掖深入表里的解读。

在阅读歌咏张掖的诗文时,我们也时不时感到,那些客居或旅途张掖的明、清文人的文字里,因沾了黑河的涟滟水光,苍凉悲壮的心绪间,多了几分柔情,少了些许忧怨。这一川水乡泽国,便是一剂抚慰乡思的良药,医治了多少南方游子凄凉征途的心病啊。

1936年,范长江以《大公报》旅行记者的身份踏上了西北之旅,所经各地,都留下史诗般的记录。在张掖,他写到:"每一个到西北游历的人,最容易听到本地人所谈的俗谚之中,总短不了'金张掖、银武威、秦十万'。意思是说,张掖、武威和天水是甘肃最富庶之地,特别是张掖,要算第一。"这样的记述,在晚清和民国文人笔下出现了不少,足见人们对"金张掖"的认可度非常高。"金张掖"之誉始于何时,史无所载。《中国水利百科全书·水利卷》中表述:"金张掖、银武威的的名称始于明代,源于水利。"因水而"金"的张掖,必须感恩黑河。

从生态地理的角度看,张掖的生态意义远远高于经济意义。祁连山冰川雪峰、森林草原、河流绿洲以及走廊北山边缘的荒漠区,共同构成了具有全球意义的祁连山与黑河流域"人与自然生物圈",这一系统的组成,意味着在青藏高原与蒙新高原的中间地带找到了一个隔离带,两大活动频繁的高原板块,只能在黑河两岸隔河相望,除非地球发生天翻地覆的变化,否则它们很难合拢握手。

八一冰川是黑河的源头之一。

如果天气晴好,站在这在与天接近的地方,感觉处处闪耀着神性的光芒。湛蓝的天空,团团白云,纤尘不染。皑皑雪山,近在眼前,雪线下遍布冰川,在阳光照耀下明镜一样熠熠闪亮。除了高原草甸和匍匐在地上的零星野花,看不到多少绿色植被。消融的雪水在草甸间积聚、漶漫,然后因循经年流淌的沟沟壑壑,一部分向东流去,成为隆畅河的源头;一部分向西流去,一头扎进黑河的西岔支流。黑河就是由祁连山中千径万壑的冰雪融水而成,小沙垄和八一冰川只是西岔支流中最大的、也是最初的源流之一。只要沿着河走,就会真切地感到"万壑归宗"的意味。这是世界上少有的几片净土之一,冰川、雪峰、河流、草原,绝妙地融合在一起,成为天籁之境。俯下身,掬起一捧消融的冰水,清凉,滑溜,柔顺,任何的杂念和欲望在一瞬间彻底消解。

河流两侧大都是高原牧场,充满了广阔的野性与神秘,是越野探险队员们十分向往的地方。夏日塔拉草原、康乐草原,这些祁连山腹地的裕固人的牧场，依然保留着原始的山野状态，也是中国最美六大草原之一。

源于祁连山冰川雪峰的黑河，使祁连山到平川沃野沿途湿地遍布，既有高原草甸湿地，又有河流、湖泊湿地，还有人工湿地，三百多万亩湿地构成了张掖黑河湿地国家级自然保护区。

这座山，这条河，从远古到今天，已经给了两岸生灵天大的恩惠。

湿地是人类最初熟悉并加以利用的生态系统，它哺育了地球上最原初的生灵，见证了人类文明的步履，生态学家形象地称之为"地球之肾""生物超市""生命襁褓"。

千百年来，张掖始终在享用着湿地无形的生态价值。在推进生态文明建设的大纛下，张掖的生态屏障作用愈加显现。春秋两季，这里是候鸟迁徙的必经之地，各种候鸟北迁南归，黑河湿地成为中亚迁徙候鸟歇脚打尖的中转站和栖息地，每一处水域，都可见到成群的黑鹳、白鹭、遗鸥起舞弄影，生命欢腾，生动地诠释着和谐与共的生态家园。

今天的张掖，已是坐落在祁连山和黑河湿地两个国家级自然保护区之上的城市。依此而建风景如画的国家级湿地公园，生动地诠释着这座城市外在的水韵本色，既赋予了生态保护的区划意义，又辉映出内陆城市的柔美风情，营造着人与自然和谐共处的诗意空间。

选自《读者欣赏》2017年第11期

## 万物静默如谜

高东生

真没想到,从祖国的南方飞往更南方竟要三个多小时,不过好在第二天早晨,我感受到了满满的热带风情:椰子树、槟榔树、棕榈树、黄花梨、三角梅、铁力木、依兰香、见血封喉……温暖的阳光和湿润的土地创造出了无穷无尽、千奇百怪的植物,你永远不知道它们会翻出什么新花样。

有这么丰富的植物,就会有种类更丰富的虫子,我喜欢在奇花异草间寻找它们的身影。

一只奇特的小蜘蛛让我震惊。它太小了,还没我的小指甲盖大,站得稍远一些看,就是一个灰突突的小干草团。在海南的植物园拍虫子,依旧需要仔细搜索,虫子大多低调内敛,因为它们知道自己随时都身处险境。我是先发现了蛛丝才发现这只小蜘蛛的。蛛丝细,支撑蛛丝的植物也在风中摆动,拍一张清晰的照片确实考验耐心。还好,我拍下了它——小蜘蛛的背上竟然有小猫的图案!有耳朵,有胡须!

是经历了怎样的进化过程才会产生这样奇特的品种,之后又是经过怎样的筛选才留下这样的图案?答案在漫长的岁月中找不到一点儿痕迹。曾经,猫就和它比邻而居吗?它知道猫是身手敏捷的杀手吗?它悟出了这样的图案可以保护自己吗?

它不说，造物主也只把答案留给自然。人类发明了语言，喋喋不休，但终不得要领。

后来，我又在一棵小灌木上拍到了一只与众不同的甲虫。我站在低处往上看，一片叶子的下面一闪，有只什么昆虫亮了一下。凑近看，它的外翅透明，四角有红色的反着金光的腿一样的图案，加上头部的形状，像极了小乌龟。叶底昏暗，我想悄悄把叶子翻过来拍，结果它直直地坠入了下面的杂草丛中：它在诈死。

向别处搜寻，在不远处我又找到了几只"小金龟"。我更加小心翼翼，终于轻轻地翻转了一片叶子，将一只"小金龟"翻到了光线明亮的地方。从不同的角度看它会呈现出不同的颜色，好像三棱镜下的物体。这是一身多么富有创意的服装！但这么艳丽，它就不怕引来杀身之祸吗？不知道，反正它们也这么随心所欲地生活了千万年。

在水边，我还看到了一只之前从没见过的很小的虫子。它的脊背上有淡褐色的花纹，腹部两侧的边缘长满了整齐的刺，刺的两侧还相对地长出更小的刺，从根部到尖端，由粗到细。腹部则由宽收窄，颜色也有不同，最末端是一点儿黑色，不知是头是尾。我找不到和它类似的昆虫，它好像来自外星球。

这是怎样一个庞大而神秘的世界，如宇宙般无边无际。它们沉默不语，静默如谜。

我常想找生物学家问一问：草蛉的卵上为什么有一根长长的细丝，气步甲为什么懂化学反应，悬茧姬蜂的茧为什么有美丽的花纹，瓢虫斑点的奇偶为什么分出了它们荤素口味的不同……如果都能回答，我还有最后一个问题：这些奇特的本领是靠哪一组密码遗传给后代的，而且生生不息、永不断绝？

想想地球上还有那么多的地方人类没有涉足；想想我们用庞大而先进的望远镜遥望浩瀚的宇宙，却连边缘都看不到；想想人类连一个小小的细胞都不能制造……我们还有什么底气絮絮叨叨、聒噪不止？

　　万物静默，人类也闭上嘴吧，这样才不至于暴露我们的无知。

选自《读者》(原创版) 2017 年第 4 期

## 通往天堂的胡杨林

傅 辕

天下之美，美在山水；山水之美，美在碧绿。然而，没有一处山林能比得上它的壮美与传奇。这里没有湖海浩淼的烟波，没有峰峦跌宕的绿色，它只是塔克拉玛干沙漠南部的一块名叫塔里木的垦区。垦区里有一条林带，站立着清一色的胡杨，它们像刚入伍的战士一样年轻挺拔、英姿飒爽。

这里每一棵树都有姓名，每一棵树都有一段故事，每一棵树都托举着灵魂通往天堂。

从塔里木垦区中心一直向前，满眼全是树，像我这样初来的人，开始只以为这是一条防风林。进入林中，才见每一棵树旁都有一个土堆，每一个土堆前都立着一块木牌，木牌做得十分简易，但上面有字。千里荒原之上，能见到一点绿色都是很奢侈的，更何况见到了字，便勾起认读之念。一一看去，竟疑惑不解了：木牌大的如碑，小的如牌位，上面写着人的姓名和生卒年月，这哪里还是什么防风林，完全是一处陵墓。

向导没有解说，径直引我们走到最前方。林带在这儿停下了它绿色的脚步，像是累了，憩息一阵，又像是在蓄积力量。矗立在我们面前的是一棵高大的胡杨，臂可环抱，它站在林带的最前端，高挺着脊梁，威风凛凛，铿铿锵锵。我们不禁脱口赞道，它像个将军！向导却肃然道，他叫赵喜顺，一个老兵！向导口中的故事，将我们引入那个令人神往的岁月。

长眠于树下的赵喜顺，河北人，是三五九旅的一名战士。1950年随王震将军第一批进军塔里木，入疆时是一名班长，死的时候，还是一名班长。新疆局势平稳后，他们班的任务就是在这千里荒漠的最前沿植树造林。由于恶劣的气候影响，连续三年他们都没有完成任务，栽下的树成活率极低。几年后，由于伤病缠身，这位从不叫苦的汉子倒下了。临终前，他紧紧拉住连长的手不放，连长知道老赵还有事情要交代，就凑近他的耳畔听。赵喜顺说，连长，咱开出一块熟地不容易，我死了，就把我埋在这里，栽上一棵树，我就不信，咱五尺高的人还焐不熟一块地，养活不了一棵树！

赵喜顺走了，栽下的那棵树果真活了，成了塔里木垦区的第一棵树，战士们都说是老班长把那块地焐熟了、沤肥了。从此，塔里木人就定下一条规矩：今后凡是有人走了，就挨在老班长身边睡，并且要栽上一棵树。

听完，我们默然无语，跟在向导身后，眼睛在林子上空找，老班长或许正站在天堂的树荫下，朝这里张望。

一处处土堆，一个个木碑，我们一次次俯身，观赏一幅幅凄美的画面。生命的美丽应当这样欣赏，生命之树正顶天立地地苦苦生长。

在一棵胡杨树下，我们见到一块奇特的木碑，上面写着：西L-02之墓。字迹清晰，但令人费解。性格温和的向导迎着我们急切的目光，娓娓讲述。

树下掩埋的是一匹军马，是抗战时期内蒙古境内的抗日组织送给三五九旅的，它的军龄要超过好多老兵。它善跑、耐力超群。1950年，国民党残部势力企图在叶尔羌河流域发动叛乱，危急关头，这匹老马驮着身受重伤的通讯员，硬是用两天两夜的时间踏过和田河谷，穿过塔克拉玛干沙漠进入我军驻地，将情报安全送达，才挫败了那次阴谋。退役后，它被分配到塔里木垦区，和战士们一起拉犁开地。它走到生命尽头时，正值饥荒岁月，但长期营养不良、食不果腹的战士们都不忍心拿它填肚，最后战士们像送别战友一样，将它安葬在林带前，还栽下了这棵树。

摩挲着木碑上那行蕴涵着特殊意义的字迹，耳边陡然响起"上前敲瘦骨，犹自带铜声"的诗句。寥寥几字，幻作大大的特写，它包容着充沛的生命华章，给人启迪，令人遐想。此时，我们多么想眼前生出胡笳伴着牧歌、诗情伴着画意的草场，草场上花卉芬芳。

林带很长，我们一路迎来一座座土堆，又泪别一株株胡杨。终于，我们见到了一块青石墓碑，立在一片骆驼刺丛里，青石上镌刻着岁月斑驳的痕迹，不高，不张扬。碑上刻着一行长字：第一野战军二军一旅三支队四营二连战士李铁山之墓。这时，有人问向导，为什么只有他用的是石碑？向导笑笑说，他是个英雄连长，又是个爱情丰收的连长。

李铁山，河南人。1946年刘邓大军挺进大别山，李铁山成了一名解放军战士，打仗是有名的猛汉。后在中原突围时，随王震将军进入陕西。瓦子街战役时，他们连奉命坚守一块关系到全局胜负的阵地，连续苦战三天三夜，战斗结束后，全连仅剩下他一人。1963年，英雄连长李铁山作为塔里木垦区的劳动模范，到上海市迎接第一批支边青年。当时条件异常艰苦，垦荒会战时，战士们都住在用苇秆树枝临时搭成的窝棚里。一个夏天的夜晚，一个上海女知青禁不住对他的爱慕之心，悄悄燃起蜡烛，给他写起了情书。情书写完后，姑娘也趴在桌子上睡着了。那截小小的蜡烛竟酿成一场大祸，将连成一片的窝棚烧了个精光。天亮后，李铁山将全连战士集合起来，对昨晚的意外大发雷霆。当他得知事情的真相后，这位"铁脸连长"不但没有追究责任，还接受了姑娘的爱情。当时，姑娘只提出一个要求：一朵鲜花。李铁山跑遍几十里地，只带回来一枝红柳。

爱情的信物简洁、朴实，但那一段"火烧连营结良缘"的佳话，在塔里木演绎成了一个经典的爱情故事。我们品咂原汁原味的剧情，踏着松软的沙地，景仰地放慢脚步，让眼球摄下这里的每一寸矮草，每一节枝叶。夕阳西下，我们来到林带的尽头，绿色也随着人的脚步而停息。黄澄澄的霞光映射来，胡杨林沐浴在斜阳里，静穆而瑰丽。

回望胡杨林，眼前掠过翻飞的四季，春风习习，甘霖普降，它悄然荡漾出一片绿浪；秋风飒飒，胡雁高翔，它顿时灿烂成一片金黄。因而，尽管沙砾飞扬旱魔逞强，胡杨林这个摧不垮的群体，时时都在用生命雕塑起拼搏的姿势，时时都在用意志浇铸成一道坚固的屏障。

我们悄悄地走开，身后是一片胡杨，一排老兵。

选自《读者》（原创版）2006年第6期

## 客居湾里

刘 军

### 1

有的地方，不是故土，却能让你似曾相识，当心停泊其间，即觉神情安闲，岁月静好。

这里是朋友的家乡，陇南西和的团庄村湾。

我随他来看望老人。

这里本就是秦王朝的起点，沉雄气象从来不曾改变。依着山，傍着水，拥着竹木，山腰缠着薄雾，水流涓细清浅。大片大片的坡地里，荞麦花开得正盛，在深秋时节的轻烟里，含着点点羞涩，躲猫猫似的彼此簇拥着，漫过山岭。几十户村野人家散漫地点缀在这山水树木之间。

是一幅丹青妙手的佳作吧，素雅的宣纸上，随意涂抹勾皴，笔墨所到之处，湿晕一点点渲染开来。面对此景，孰能不心动？

### 2

轻轻推开双扇松木大门的一瞬，时空感迷乱在它吱呀呀的门轴转动声里。

百年之前，这里的主人是权倾一方的清廷二品大员。一院数进的私家大宅里，家祠、琴房、闺阁乃至防御的塔楼等设施一应俱全。后家道中落，偌大的院子被兄弟拆分，"内外多置小门，始为篱，已为墙"，或变卖或迁建，也不过几十年，便与寻常人家毫无二致。现仅存的一处旧宅还是因继承者早逝，家人无力翻建，才得以保全。粗大的木柱、古拙的石墩、厚重的木门和精美的窗棂俱在，虽经百年风雨剥蚀，依然透着曾经的霸气，甚至连房子里面的陈设也一如往日，高大气派的梨木家具依然油光可鉴，那专门安放官帽的筒子也还端正地放在八仙桌上。

老院墙角处参差不齐地码了几排明清时期的大青砖，它们的肩头曾承载着家族兴盛、富贵永享的憧憬。而今，被遗弃在角落里，一任风雨。

砖堆边是一块凿成水池的巨石，样子典雅古朴，旧时主人用它饮马，现在家里不养马了，它便闲着，几只鸟儿聚在水池边，深一句浅一句地啁啾着，对着一汪清幽的浅水，闲适地梳理羽翼。

3

青砖、古屋……这些遗失在民间的碎片所代表的历史已经退场，延续至今的是普通人的生活。

散落在山脚下的几十户人家各自按风水而建，南宅北舍，东墙西屋，错落有致却又浑然一体。但每一处村居，从主体结构到细节，都独具个性。小村有自己的风格，任何时候走近它，得意也好，失意也罢，都能彼此相安。

村子里，所有人家的大门都是侧开的，与正房形成一个夹角，像是遇见先生时侧身避让的学子，在恭敬的退让中保持着自己的尊严，这与传统建筑中轴排列的风格迥然不同。

这些各具风格的村舍让我相信，为了那座恢宏的官家宅院，这里曾经聚集过一批技艺高超的工匠。最终繁华过眼，豪门成空，唯有他们的独创精神成了让后辈骄傲的财富传承。

这里没有哪座院子的墙会建得四方四正，所有的墙或带着弧度，或因着地势和邻居的风格而修彻，就是石墙根儿的水泥勾缝，也是不知酝酿了多久，出手即是妙笔，舒展、妥帖，和于自然。一院院民居呼应、揖让，又相对独立，加上院子里的果木和时不时从一个院落掠起旋即聚到另一处院落的鸟群，让整个村子充溢着乐感。

## 4

村居期间，我们正好赶上主人摆酒，宴请帮忙修葺围墙的乡亲。炖豆腐、炒腊肉之类地道可口的家常菜满满当当地摆了一桌子，上的是醇香平和的当地酒。依着点儿酒劲，大家伙儿开始神侃起来。所有的话题始终没有离开村子里的人，说人又没有离开过"勤奋敢闯，不偷不抢，本分挣钱，不赌不骗"这样简单的道德判断。这些口口相传的标准世代相沿，慢慢固化成了民风，约束着当地人的行为。正是这种不经意间完成的传承，维系了一个乡村的伦理。

听说来客人了，左邻右舍都过来聊天，可任我们劝，菜不动一筷，酒不沾一口。后来才听朋友说，这也是乡俗——今天是请帮忙干活的人吃饭的，他们没有出力，自然不受这种答谢酒宴。如此较真儿的行为，让人心生敬意。

## 5

乡村的夜晚清新安闲。送走了乡亲，因舍不下这片夜色，我们坐下来喝茶聊天。

当地人喝罐罐茶。在院子里支起火盆，烧得旺旺的木炭火上架起小小的粗陶茶罐，抓一把春尖搁进去，添小半碗水，也有人喜欢在茶里放点儿盐巴，煮沸后不急着喝，还要稍稍熬一下，那样茶才有"劲"。等熬得浓酽之后，每人分一小盏吃。这种茶最能解乏，劳动了一天，能得一杯罐罐茶是当地人的一大乐事。

我没有喝茶的经验，尝不出它的妙处来，浅浅品了二盏，只觉苦涩难耐。乡亲们劝我止住，说否则会醉的，比醉酒的劲儿还要大呢。我安静地看着他们小口喝茶时陶醉的样子，听着他们开心地取笑对方，被这种生活和人情之美深深感染。

月色、粗茶、谈笑，原来，这些廉价的资源能给人以这般深度的享受。

6

在一家的祠堂里，我翻阅了修建祠堂时的筹资礼簿，有记钱的，有记工的，也有记粮油、木料的，很是烦琐细致。但在礼簿的最前面，记载的是字和画——某某，壁画一方；某某，楹联一副；某某，匾额一块。再看祠堂里的匾额、楹联、壁画，吃了一惊，书法的大气磅礴、壁画的精美细致皆出人意料。祠堂管理者介绍作者时，言语间充满了自豪。作者中有学者教授，有军政人员，但更多的是半耕半工的农民。在筹建募捐时，对有此专长的人，他们只要字和画。

这也是一个乡村的内涵、操守，或者说是传承吧。它可以清贫，但脱俗的清雅气质让它有了被人仰望的高度。就像陈眉公在一首词里描述的那样："有儿事足，一把茅遮屋。若使薄田耕不熟，添个新生黄犊。闲来也教儿孙，读书不为功名。种竹浇花酿酒，世学闭户先生。"可以为生计奔波，却不会被物所累，这种淡泊放达，有几人参透！

选自《读者》（原创版）2016年第2期

## 走进黄河石林

霍庆芳

黄河九曲，石林伟岸。

被列为 4A 级"国家地质公园"的石林高耸在这黄河两岸。黄河在甘肃省白银市景泰县中泉乡龙湾村标新立异地拐了个"S"形弯。从山口顶鸟瞰，龙湾村的土房错落有致，屋顶炊烟袅袅，庄稼平整如织，果树茂密葱葱。一河之隔的坝滩戈壁，则是山丘绵延，荒芜苍茫。在龙湾村的西北，是蜿蜒的峡谷和耸立的峰林。我的脚踏在刹车板上，从山顶到山下 216 米高的落差，车道缓缓地转过二十二道弯向龙湾村前行，一弯，一弯，每一道弯仿似艺术体操运动员手中的彩带，均匀划出的一道道弧线，柔软、优美。穿过一片枣林，行过平整的庄稼地，便投入到老龙湾三面环山、一面临水的怀抱之中，聆听黄河古风古韵般地吟唱，目睹石林西部汉子似的豁达、厚重。

此时，正值初冬季节，河面上徐徐的微风带着丝丝寒意侵袭着我的脸颊，适才暖暖的面部掠过寒风，瞬间失去了暖意，风中夹带着河水甘醇的韵味直扑鼻翼。黄河拍打着细浪，从耸立的石林中，怜爱地在龙湾村拐了一个弯，改向西从陡峭的岩石旁流过，固执地向干涸遥远的北方挺进，两岸冲刷出一片肥沃的土地，养育了祖祖辈辈的龙湾人。我的母亲河，她以博大的胸襟滋养着中华民族世代子孙，当她流经龙湾村时，恩赐于龙湾人更加浓郁的厚爱,以完美的"S"形弧线在龙湾村老老少少们身边慈爱地流淌。避开村民们居住的房屋,环绕村民们耕种的土地,浇灌村民们栽种的果树,沐浴着一片片墨绿的土地。她的脚步缓慢且静谧,从不暴怒、从不吝啬、从不刁蛮,她用宽大的胸怀包容着龙湾,用金黄的河水喂养着祖祖辈辈的龙湾人。

"朋友,你到过黄河吗?"久违了的朗咏,而今我自豪地回答:我到过,我到过黄河,走进了黄河古道峡谷,感受了黄河石林欲动又止的灵气,并有黄河岸边温婉的风一路伴行……随着道路的连续急转、迂回、俯冲,终于到了思慕已久的黄河。

远离了城市的喧嚣,远离了人世间的纷争烦恼,耳边聆听着嘀嗒、嘀嗒有节奏的"驴的"声,坐在红红绿绿的"驴的"车上,忽悠、忽悠地走进了蜿蜒峡谷之中——石林。

黄河石林生成于距今四百万年前的第三纪末和第四纪初的远古时代。由于燕山运动,地壳上升,河床下切,加之风化、雨蚀、重力坍塌,形成了以黄褐色河湖相沙砾岩为主的石林地貌奇观。景区内陡崖凌空,造型千姿百态,峰回路转,景象步移万千。黄河石林原始古朴,丝毫没有人工雕琢的痕迹,所有的景观均来自于大自然的雕琢和恩赐。黄河石林天成的自然景观规模宏大,景色纯美,石柱、石笋高达80至200米。石林景区峡谷蜿蜒曲折,如蛇明灭,皆以沟命名,从东南至西北,共有八条沟:七口沟、盘龙沟、喜望沟、天桥沟、老龙沟、豹子沟、大王沟、饮马沟,最为著名的则为饮马沟。它们是在地壳强烈的抬升之下,黄河河谷形成深切峡谷,使沟谷不断变宽,局部轻弱层在水及重力作用下迅速下切,沿沟谷两侧形成大量的石峰、石柱,同时又受到风蚀作用的改造,在崖壁上形成了许多如窗棂般的构造,在水蚀、风蚀的强烈作用下形成了现有独特的景。辽阔的天空下，整座石林毫无造作，世人被天然凝就的灵魂而备受感动和震撼。大自然的神笔飞扬，纵然放开想象，驰骋神思。望尖锐或圆锥状的山峰，基部相连的簇状是石林发育地貌形态。只要能够联想到的物象，都毫无例外活生生地映入眼帘，仰观景慕，活灵神现，目不暇接。山峰如聚，峰岭沸腾了一般，黄河石林以它非石非岩的特质，在这块土地上托起一个立体的神话。雅丹、丹霞、峰林为一体的地貌奇观写意了恢宏的场景，刀锋拥挤，千军涌动，万马奔腾，这俨如一个拼杀的战场，风行走其间鼓动着金属碰撞的铿锵，它不再是一个夸张的舞台，场面也不再是一个宏大的舞池。

黄河石林景区将黄河、石林、沙漠、戈壁、绿洲、农庄等多种资源巧妙组合在一起，山水相依，动静结合，气势磅礴。该区适宜探险、猎奇、漂流、攀岩、休闲度假以及地质考察，它以其雄、险、奇、古、野、幽等特点，成为许多影视片的外景拍摄基地。在此拍摄的电视连续剧《天下粮仓》《西部热土》《汉血宝马》《惊天传奇》《大敦煌》等播出后，更使黄河石林名扬天下。

景泰黄河石林景区由高品位自然旅游资源组合而成，集东西南北自然景色之大成，在全国实属罕见，在西北更是独树一帜。因其造型独特、规模大、景区组合优越，可称之为"中华自然奇观"。

洒下床前明月光，

上下千年一梦长。

古今如一龙凤凰，

黑眼黑发真善良。

读懂了千年金钩银画样，

习惯了故乡黄米面和汤。

一杯清茶道安康,
妙笔丹青画吉祥。
宫商角徵羽,琴棋书画唱。
孔雀东南飞,织女会牛郎。
深爱这土地,丝路到敦煌。
先人是炎黄,子孙血一样。

《黄河石林之恋》唱出了千年的史诗和永远的挚情。黄河石林,俨然是一幅历史赋予我们的西风漫卷,无论岁月如何漫长,无论人类如何变迁,黄河石林烙印在心底的那幅画卷永远无法褪却,永远瑰丽惊世。

选自《读者欣赏》2017 年 8 月

## 寻路剡中

徐海蛟

一

"天姥山怎么去?"我站在大佛寺前一棵老梧桐树下问路人。明亮的早晨,梧桐阔大的黄叶上缀着露水,秋风一起,举向空中的枝叶哗哗响着,摇曳出斑驳的光点。

"天姥山?"老太太摇摇头,"我不晓得的。"

"天姥山在哪儿?"这回我挑了一个清瘦的老先生问。

"喏,远处,这边,那边,还有那边……"顺着老先生的手,我的目光越过城市高楼,越过被晨曦打亮的楼顶,落到一抹黛色的、隐现于云雾中的山上。

"我怎么才能到山脚下?"

"你看到的很多山都是天姥山……"老先生清癯的脸上透着温和的笑。

20岁那年,我第一回来到新昌。20岁的我,还未看过世界的模样,一脸青涩,胸膛里涌动着李白的诗句:"越人语天姥,云霞明灭或可睹。天姥连天向天横,势拔五岳掩赤城。"我向飞鸟追随南方的气息,就是追随这样的诗句而来。

"天姥山怎么去?"我语气里的焦急,一定令老先生在心里为这份冒失感到好笑，但他脸上却透着平静："小伙子，天姥山到处在，你已到它脚下了。"

我不明白，在这个叫新昌的小城，我路过的每家小餐馆、小旅店墙上都能读到李白的《梦游天姥吟留别》，而天姥山本身，竟成了一座难以亲近的山？它在唐诗里举目可见，又于现实中遥不可及？它具体得那么抽象。

二

公元729年初冬，孟浩然坐在钱塘江上的舟中，时不时引颈眺望，问舟中旅人："哪片青山才是越中的山？"那是个明媚的日子，江上风平浪静，一碧涵空。船正朝着他心里无时不刻系念着的那个叫"剡中"的地方进发。

年逾不惑的孟浩然在长安经历了一场又一场无望的追逐，而未能挤入仕途的窄门。于中年时分回到山水怀中，做一个自然之子，在晚照与湖光中入定，大概是他人生数度进退后找到的唯一退路。

剡中有翡翠做的青山，有洁白的云朵，有云朵做的诗句。这是一个令人忘机之地，这是一个适合"放下"的地方——遍历世事的孟浩然放下富贵公卿，放下功名利益，也放下石块般压在睡梦里的欲望。那一刻，他调匀了呼吸，世俗的重已然卸下，他变得轻了。他想，只有轻逸的人才适合来到剡中。微波漾起涟漪，阳光像金色的小鱼跃动着，嬉戏着。平阔的江水有如他平静的心绪，无风无浪。

公元731年，刚过20岁的杜甫进入了长达9年的漫游时代。年轻的杜甫离开洛阳，顺水路下江南，途经淮阴、扬州，渡过长江……轻舟赛马，访姑苏城，渡钱塘江，登西陵古驿台，赏鉴湖畔如花的女子，此行最后一个目的地却是剡中。最后遂他所愿，船沿曹娥江而上，到达上游剡溪，停泊在天姥山下。

于历史章节里读到这一段，我禁不住想：年轻的杜甫也一定会像1260多年后的我这般问路人："天姥山在哪儿？"他终于来到江南腹地，来到谢朓、阴铿、鲍照、庾信的诗歌里歌咏过的剡中，来到仰慕已久，却未曾谋面的李白的诗歌里出现的剡中。青年杜甫第一次长途跋涉至江南，这是一场身体的远游，更是灵魂的朝圣。那一刻，面对俊秀的青山和清澈的流水，杜甫是否心潮澎湃？无论答案怎样，但这确乎成为他一生未能忘怀的景致。许多年后，晚年杜甫卧病夔州，于客堂病榻上回望人生，脑海里依然回响着剡溪清澈的流水，回响着江上白鸟的啼鸣，他以颤抖的手写下那首《壮游》，写下："剡溪蕴秀异，欲罢不能忘"的诗句。

寻路剡中，是年轻的杜子美试图摆脱庸常人生，探寻生命更开阔的向度的旅行。剡中是地理上的剡中，也是杜子美朝圣路上灵魂的方向。

而数年前，年长杜甫11岁的李白，已先入剡中。李白也一定会向当地人打听："到剡中的路往哪儿去？天姥山在哪儿？""借问剡中道，东南指越乡。"第一次来是在仲夏，李白从广陵乘船，由会稽上剡溪——"竹色溪下绿，荷花镜里香。"一派镜中流水，一路清新荷香，浙东山水给了远道而来的诗人以深深的慰藉，也令他的诗歌里葳蕤起一股南方水泽的气息。他是爱这个地方的，文史学家们说李白"四入剡中"。假设人与地域之间存在着某种共通的气质，这一地山水，该是暗合了李白的志趣和性情，诗句在俊秀的山水间生发，逸兴在清风与明月里飞扬。他在此地写下诸多名篇，让"剡中"的名字，落进厚厚典籍里，远播到时间和人心深处。

而剡中真正得名却在魏晋，这片江南青山中的温柔腹地，迎来它最重要的客人，历史也为此留下无数璀璨篇章。刘阮天台遇仙，谢安东山再起，王子猷雪夜访戴，王羲之兰亭修禊……这些风雅的典故都在剡中腹地里应运而生。谢灵运则在此地写下他杰出的山水诗篇，令自然的美意带上了文字的辉光。隐士、文人、高僧、商贾、优伶、官员……无数高人走到这里，给自然山水注入人文气象。剡中就成为往后隋唐文人心中的朝圣之地。

三

地理上的剡中位于浙江东部，是一处方圆几百平方公里的小盆地。从卫星地图上俯瞰，这一片葱郁的腹地被会稽山、四明山、天台山三山合抱，状若飞鸟展开双翼。明净的剡溪从中间流过，正北而行，下游汇入曹娥江，最后在杭州湾注入钱塘江。

从钱塘江畔出发，沿京杭大运河东段一路溯水而上，过鉴湖，沿曹娥江达剡溪，终止于天台山，这条路被誉为"浙东唐诗之路"。它纵贯200余公里，横亘于白云和梵音之下，绵延于青山和流水之间。

整个唐代，王勃、卢照邻、骆宾王、贺知章、崔宗之、王维、刘禹锡、元稹、李绅、李德裕、崔颢、白居易、杜牧、贾岛、罗隐……这些中国古代诗歌史上举足轻重的人物都在李白和杜甫的先后抵达剡中。寻路剡中，上追禹帝神韵，下寻谢灵运遗风，这是唐朝诗人群体的本心之旅，也是他们走向更广阔世界的逍遥游。

400多位诗人，写下1600多首诗。他们的诗作建构了另一个地理学范畴以外的精神和学术上的剡中，这个剡中在广袤的大地之上，在万千人心之上，在白纸黑字之间，是写入浩浩荡荡中国文化史的剡中。它像一只灵性的飞鸟，飞翔在中国文化史浩瀚的夜空中。

人们不辞千里到达此地,既为了与江南山水相逢,又为了与过往的自我作别,既为了拥抱另一些俊逸的灵魂,又为了构筑新的精神殿堂。

四

庚子年深秋,我又一次踏进剡中的土地,在落叶满空的时节游了石头城,再到达班竹古道。又是一个晴好的秋天,我们迤逦而行,当地随行的工作人员告知我,此地就是天姥山。恍然间想起20年前的自己,曾那样急切地寻找它。也才开始懂得大佛寺门前梧桐树下老先生的话:"天姥山到处在,你已到它脚下了。"

我才明白,这世间还有另一个剡中,那是心灵和文化意义上的剡中;这世间还有另一座天姥山,那是心灵和文化意义上的天姥山。世间的路千万条,而这条自钱塘江畔出发,溯剡溪而上,前往天台山的路,却是用诗歌写就的路,它通往自然山川,也通往幽微的人心。

这条通往灵魂的路上,山水、书法、绘画、茶道,无不荡涤着千百年来身上落满尘埃的人。

选自《读者》(原创版)2021年第4期

## 风景这边独好

李翠香　黄亚琴　陈　琴

### 顾家善的宁静夏日

阳光锦绣般铺在河湾里的时候，庄户人家还在田间地头忙活着，顾家善的夏天，早已顺着白墙青瓦的小巷，袅袅娜娜地，把村里村外转了个遍。

顾家善，这座黄河边的古老村落，以顾姓人家居多，它的族姓历史可以上溯到明代。据说祖上是世居苏州府的，可真够荣耀。从六百多载的光阴里跋涉而来，顾氏门族原来与江南是有着血脉渊源的。你就会明白，千里万里的漂泊之后，顾家善人为何选择在黄河之畔繁衍生息！因为梦里水乡，是他们割不断的乡愁，说不尽的思念，走不完的心路。

当顾家善静听黄河涛声、沉浸在过往里的时候，时光之手轻轻一挥，将其变换了容颜。

顾家善的夏天，来到了。

安静的村落，瞬间喧闹起来。花儿草儿们争着抢着往夏天赶，田野里玉米菜蔬不言不语，只是甩开膀子向上蹿。那些饱经风霜的老梨树，竟也舒枝展叶，呼啦啦地冒出许多嫩生生的枝条。繁茂的叶片，葳蕤得让人心潮澎湃。掩映在叶片里的梨儿，这儿一颗，那儿一咕嘟，轻漾在微风里，悠然在时光里。

喜欢一个人行进在顾家善的小巷子里，脚步轻软，目光纯净，内心清凉。时光凝成一幅乡村写意画：流水潺潺流淌，古树从容摇曳，小白狗微闭双眼静卧在大门口。鸟儿啁啾着，从院落间、树木间倏忽来去。转角处，小沟渠边的花心砖孔里，太阳红和指甲花开得神采奕奕。最美的东西，往往是最纯朴的，也是不经意遇见的。这样的时刻，是心无旁骛，是心有灵犀，是默然相对，是寂静欢喜。

顾家善人的骨子里，有着与生俱来的草木缘分。你看，房前屋后的园子里，除了梨树柳树占去的空间外，剩下的，几乎都用来种花了。在顾家善走一圈，你就会被成片的月季花所迷醉。古梨园里，高大繁茂的梨树与优雅高贵的月季，在时光里彼此相伴，让置于浓荫里的顾家善，多了一份浓郁，一份芬芳，一种重叠交错的时空美感。

种花养花，永远是顾家善人四季里的大事。家家户户的院落里，摆满了三角梅、绣球、月季、海棠，还有许多叫不上名字的花儿。庄户人家养花也养出了一种气势。单盆的花是很少见的，一种花儿往往就是几十盆，齐刷刷地排列在一起，开得惊心动魄。要么花儿艳得让你睁不开眼，要么纯粹得让你陷入荼蘼的花事里，忘却今生来世。

顾家善人是懂得审美的。你看，院内角落里，一座方方正正的灶头，斑驳着岁月的痕迹。一大一小两口铁锅，倒扣在灶台上，黑黝黝的，乍一看，与院中的藤蔓花草是不相宜的。但与众不同的是，在那只倒扣的锅顶上，却放置了一盆吊兰，一簇簇玲珑的花儿正开得自由自在。不得不感叹，有些东西，本身并无多少深层价值，可一旦放对了地方，就成为艺术品了。

在小巷子里绕来绕去，你会不断地看到，在白墙之上，一对对黑色的轮胎内，赫然开满了粉嫩的鲜花。如此艺术张扬的布设，如此诗意和惊喜的不期而遇，让你觉得仿佛走进了一首诗里。你正踩着诗的韵律，在顾家善的夏天里拾级而上，寻找灵魂的静谧。

顾家善是远近闻名的长寿村。

慈爱安详的百岁老人就是岁月最好的见证人。那些精神矍铄、银发如雪的老人们，在夏日的街巷里，泰然成顾家善最宁静最温暖的风景。孝亲敬老的传统美德，一如村畔的黄河水，在时光里昼夜不舍地向前流淌着。或许，这才是顾家善的灵魂所在。

我知道，顾家善之于我，之于世人，定是有着千丝万缕的关联。我一遍遍地徘徊在静寂的巷子里，一次次凝望古树，一回回抚摸青皮光滑的杨树，不知道自己还想带走些什么。坐在黄河岸边的堤坝上，风把杨树林吹得飒飒响。远处，群山苍茫，云卷云舒，河水悠悠……

顾家善的夏天，原来是风过原野般自然，清凉，原汁原味。所有的一切，都在光阴里如期绽放着最美的自己！

## 水川湿地的悠远荷香

那个夏末的清晨里，独自驱车前往白银水川湿地公园的时候，心里惦念着的，是那一池的荷。

走进一池荷的梦里，该是多么奢侈的愿望呵。如此想来，心里的荷，一朵接一朵地，就盛开了。我步若清风，飘然穿过黄河水的苍茫气息，走向一池的荷。兴许，有一朵，至少有一朵荷，也在等着我。

远远地望一眼，就已被数百亩的湿地所震撼。十里荷苑，就在眼前。那一刻，风从黄河来，荷从梦里至。

七八月间，水川湿地的荷，群芳潋滟，正是赏荷好时光。爱荷的世人，从周敦颐的《爱莲说》里赶来，从现实的喧嚣里赶来，山一程，水一程，心甘情愿地把自己交付给这一池的荷。那份沉淀在心底的深情，未到荷苑，先醉了自己。那份潜藏光阴里的深挚，若陈年佳酿，淳厚唯有自己懂得。来场说走就走的旅行，与黄河岸畔的荷来一次旷世之约，不早也不迟，刚刚好。

从曲桥上向西望去，重重翠荷净，列向横塘暖，争映芳草岸。荷叶片片相触，挤挤挨挨，接天连叶，无穷无尽。灼灼荷花瑞，亭亭出水中。映日荷花，不蔓不枝，卷舒开合，无拘无束。只望一眼，你就知道，眼前之荷，是经过繁华的。她们从东南形胜，三吴都会，自古繁华的钱塘跋涉而来，袅娜的衣裙上，还残留着前朝荷的清香气韵。经年的露珠，滚动在今世的荷叶上。她们歇脚在西部黄河之滨，那掩饰不住的大家闺秀气质，折服了多少文人墨客的恋慕之心！十里荷苑，绵延不绝，浩浩荡荡，横无际涯，霸气地占据着尽可能多的湖面空间，汪洋恣肆地，把自己妖娆成黄河岸边最美的风景。

下了曲桥，沿着林荫小径漫步湖边，与千万茎荷离得更近，不经意间，就迷失在荷的无边无际的大美中，无法迈开脚步。自己仿佛一株行走的荷，总是情不自禁地想置身于风情万种的荷苑里。意欲赏尽众荷娇颜，静听风声荷语，在一朵荷里，觅到通向灵魂的静修之路。万荷丛中，没有喧哗，有的，只是淡看尘世的泰然之姿、安闲之态。晋乐府中说：青荷盖绿水，芙蓉披红鲜。那一池的荷，壮阔成一种硕大的美，却又纯粹成无边的静。苍苍茫茫，十里锦香看不断呵。你会久久地陷入荷的时光里，不知何去何从。

王阳明说，你未看此花时，此花与汝同归于寂；你来看此花时，则此花颜色一时明白起来，便知此花不在你的心外。或许，赏荷，亦如是吧。

水川湿地的荷，把时光暗香成最悠远的诗，给世人以无尽遐想。不如，你来看此花吧。

### 景泰川的虾情蟹意

在景泰县黄河石林景区饱览了黄河大峡的风情之后，择一处在群山环抱中环境优雅、花香怡人的农家乐饱餐一顿，可谓是旅途中最美的享受了。这里不仅有烤全羊、羊羔肉炖蘑菇、五佛豆腐、臊子面、景泰特色酿皮等传统美食，更是新增了虹鳟鱼、南美对虾、大闸蟹等水产美食，让游客尽情享受浓浓的虾情蟹意。

说起水产，对地处腾格里沙漠边缘的景泰县来说，在以前可是稀罕物。曾经有一句歌谣"水在低处流，人在川上愁。风沙不断头，十种九不收。"形象地写出了千百年来景泰川人民面临的风沙干旱困境。而景电工程的出现，改变了这种困境：黄河水被提上高山、灌溉农田、浸润家园，变成了"水由低处向高流，人在川上不再愁"。

然而，随着景电一期、景电二期工程的全面运行，景泰川在享受着灌溉带来的滋润之时，却陷入了另外一个困境——土地盐碱化。从 20 世纪 90 年代开始，由于景电工程没有配套的排水系统，致使地下水位持续抬高，盐水排不出去，土壤盐碱化逐年加重，许多土地被迫弃耕。

30 年来，无论是开挖排碱渠还是种植耐碱作物，景泰人民一直坚持与盐碱做抗争。直到 2016 年，在探索盐碱化治理的实践中，景泰县提出了"挖塘降水、抬土造田、渔农并重、恢复生态"的思路，摸索出以水产养殖治理土地盐碱化的新路径，利用盐碱撂荒地和盐碱水域发展现代渔业，使盐碱地治理与富民产业、乡村旅游、招商引资、生态修复治理全方位结合起来。

在盐碱地上挖出来的坑，会自然蓄积原有沼泽地里的水，可以用来养鱼；挖出去的土，堆在坑附近就成了田，由于位置高盐碱上不去，可以种植作物。同时还可以在相对高处建造池塘，在下面铺防渗膜，在上面罩保温膜，建成"高位虾棚"。

2016年，景泰县在草窝滩镇、五佛乡先行试点，开展盐碱水养虾和养鱼试验，经过一段时间的试养，虾苗长势良好，虾的成活率达到40%，鱼的成活率更是在90%以上。经过推广，短短一年的时间,景泰县草窝滩、五佛、一条山、芦阳、中泉、上沙沃等乡镇累计发展水产养殖面积6800余亩，抬田恢复耕地1200亩，改良盐碱地7000余亩。已建成的池塘有效遏制周边耕地盐碱化，效益显著。挖塘降水后的景泰，不但有能够种植葡萄、甜玉米、西红柿等农作物的优良耕地，还有鱼虾相戏、蟹甲横游的水产养殖区。

盐碱地水产养殖，有效破解了土地盐碱化治理难题，以水产养殖治理盐碱的探索正在景泰盐碱危害区的各地开花结果。芦阳镇拥有丰富的地下水资源优势，以养殖虹鳟、金鳟等冷水鱼为重点；中泉镇拥有丰富的泉水资源，发展冷水类淡水渔业；上沙沃镇利用景泰白墩子国家湿地公园的发展契机，开展大水面养殖；一条山镇土质较好、地下水位较深，将建设高位虾池，发展休闲渔业。

如今，曾经不长一寸庄稼的盐碱地，竟然变身鱼虾翻腾、波光粼粼的鱼塘！一条条虹鳟鱼、金鳟鱼在阳光的照射下自由嬉戏，南美白对虾在打捞上岸后激情跳跃。这给当地居民带来了鲜美的海味，大大丰富了景泰人的餐单，也让外来游客大快朵颐。

## 家乡味最是浓情

我的家乡会宁地处黄土高原,常年干旱少雨,这种地理环境正适合种植荞麦、扁豆、燕麦、莜麦、糜子、良谷等各种小杂粮。我童年时期,家里生活贫困,很少吃到肉食和白面,一年四季靠各种杂粮和野菜勉强度日。而现在回想起来,那些曾经只用于填饱肚子的东西,居然有许多是独特的美味。

家乡的各种杂粮食品中,我最喜欢的是纯手工制作的荞麦面凉粉。以前每年端午,母亲都要为我们做荞面凉粉。用荞麦面制作的凉粉工艺比较复杂,先把荞麦碾去外皮,再把白白的瓤子潮湿后,用手工碾成粉末,然后放在清水中浸泡、揉搓,再用细箩过滤,滤出的精华部分入锅用温火熬煮。这个熬煮的过程需要严格控制火候,也要不断地搅动,不然会煳掉,还要注意软硬适宜,太软了吃起来没韧劲,太硬了则口感欠佳。熬成粥状后舀入盆盘等容器中,待冷却后即可食用。食用时,可切成长条形薄片,盛入碗中,调入油泼辣子、芝麻酱、醋、酱油、芥末、蒜泥、精盐、花椒面等佐料,吃起来柔软滑爽,使人食欲大增。还可以直接调入浆水食用,食用前先加葱姜蒜炝锅,爆香后倒入浆水,煮沸,晾凉后即可调入凉粉或面条中食用。

童年吃过的一种用糜子米制作的馍馍,也是我一直念念不忘的。家乡人叫"米黄馍馍",它的制作过程大概是:先把糜子碾去皮,再碾成碎末,搅和成糊糊。当发到恰当的程度,就在锅底放一个专用的两端开口的陶罐,在陶罐里倒适量的水,然后把发好的面倒在陶罐周围,盖好锅盖,先旺火成型,再慢火烙熟。这种"米黄馍馍"吃起来黏黏的、甜甜的。

会宁还有一种特色小吃——麦芽甜饼,就是用生了芽的麦子磨成面粉,再用开水烫面做成的饼,家乡人也称之"芽面烫儿"。庄稼人农忙时,麦子垛在场里,难免会有一小部分受潮发芽,在粮食稀缺的年代,发芽的麦子也舍不得丢弃,依旧晒干做成面粉吃下去。哪承想做成的饼竟比正常面粉更好吃,甜软香糯,是难得的美味。

还有一种用杂粮和洋芋混合焖成的干饭——称之为"懒饭"。懒饭,顾名思义,适合懒人做的饭。的确,这种饭做起来简便易行,而且味道非常不错,因此深受当地老百姓的喜爱。这是一种家家都会做、人人都爱吃的饭,多数人称之为懒饭,也有人叫洋芋盖被儿、捂饭、焖饭、干饭。具体做法是:先用荞麦面、玉米面或白面加水和成面团,用擀面杖擀开,切成雀舌一样的小面片。再把洋芋切成小块,放到锅里用清油或猪油翻炒几下,加上花椒粉和盐等调料,再倒入适量的水。旺火把水烧滚,然后把提前擀好的面均匀地撒在洋芋上,然后,盖好锅盖,小火焖十五分钟后即可开锅,用锅铲搅拌均匀,就是一顿香喷喷的美味。

当然,除了会宁,白银其他各地也有各自的特色美食。比如靖远羊羔肉,是一种独特的地方风味美食,其特色在于独特的滩羊品种,独特的生长环境,独特的加工方法,独特的药膳滋补价值。靖远县属黄河冲击盆地,黄河流经154公里,造就了独特的气候环境。境内屈吴山、哈思山、云台山水草丰茂,气候凉爽,生长着柴胡、麻黄、益母草、蒲公英、黄芩、桔梗、薄荷、甘草等数十种草药,山中水流潺潺,矿物富集,羊羔日食药草,夜饮矿泉,从而使羊肉细胞成分改变,造就了肉质细嫩、味道鲜美的靖远羊羔肉。制作过程辅以10多种中药材为佐料,加入特质的黄色粗粉条,失水率低,系水力强,熟肉率高,汁液丰富,通过爆炒、红烧、黄焖、干炸、烧烤、清炖、清蒸等工艺进行加工,味道美妙,营养丰富。2002年获国家A级绿色认证,国家工商总局正式授予"靖远羊羔肉"商标，是中国首例以哺乳类动物为地理标准保护注册的商标。

靖远还有糁饭、搅团、马蹄子、油酥馍、麻腐包子、甜醅、酸烂肉等多种风味独特的食品。"糁饭"是靖远人发明创造的传统家常饭，是一种将米和面混在一起做成的面食，因所用米料以及加入面粉的不同，有小米糁饭、黄米糁饭、白米糁饭，或者黄米和白米混合做成的糁饭，还有麦面糁饭、豆面糁饭、苞谷面糁饭等。"搅团"多用荞麦面做成，故而又称荞面搅团。荞面分为甜荞面和苦荞面两种，在荞面中掺入极少量麦面，徐徐撒入翻滚的开水锅中，如同做糁饭一样，反复搅拌成团，焖熟即可。吃时将其盛入碗中，用勺子在中间打压出小窝，中间倒入食醋或浆水，放上葱花、辣椒面等，用筷子夹起一块块蘸着吃，或佐以咸菜。

此外，还有水川长面，有人说它可以和兰州的牛肉面相媲美，面条长长的、细细的，煮熟后先要在凉水里浸泡片刻，再捞到碗里，浇上以大肉臊子为主的汤，这种汤有绿菜，还有酱、醋调色，再调上油泼辣子，爽滑劲道，味道美极了。

这些，都是营养丰富的健康食品，如果制作方法得当，再加上作料，配上小菜，的确是滋味悠长的美食。但大多制作程序繁杂，加之现代人大多生活条件优裕，很多人对这些不登大雅之堂的粗粮不屑一顾。于是，这些曾经滋养过我们的美味，也似乎渐渐被人们遗忘了。

近些年来，当人们吃腻了各种大鱼大肉，也饱受了地沟油等毒食品的摧残之后，又开始怀念起以前的那些纯天然的粗茶淡饭来。曾经的各种杂粮面、野菜等，又被越来越多地端上了精致的餐桌。对健康越来越重视的人们，渐渐开始转变观念，远离那些容易引起"三高"的肉类食品，转而青睐那些有保健滋补功效的粗粮。于是，我们家乡的小杂粮产业逐渐发展开来，引起了全国各地的广泛关注。一时间，各地出现了许多专门的杂粮面馆，做出的各种小杂粮食品，颇受人们喜爱。

原以为，那些珍藏在童年记忆里的那些美味，会渐渐被岁月风干成一张褪色的标本，被人们漫不经心地遗失在史册之外。可现在看来，家乡的这些风味小吃非但没有离我们远去，反而以丰富独特的滋味走进了更多人的生活。

选自《读者欣赏》2017 年 8 月

## 走进地貌大观园——张掖

祁翠花

张掖于我,是一首永恒的歌,是一种永远的文化记忆。那壮美的塞外风光、巍峨的祁连雪山、壮观的冰川、浩瀚的沙漠、广阔的戈壁、秀丽的湿地、茂密的森林、雄奇的峡谷、绚丽的丹霞……无一不感动着我,吸引着我。悠悠岁月,我行走在河西大地上,让生命感受自然,让灵魂拜谒自然。

### 霞光万缕落人间

我在古老的画廊中穿行,看见百万年前造物主描绘的彩霞,点缀成了祁连山中汹涌流淌的岩浆。于是,我的思想在斑斓起伏的画面上流动起来,内心有无数蒙昧被光影的色彩点燃,烧遍荒芜的高原。这里便是河西走廊的七彩丹霞。天空之下,它是古老的地质遗迹,是喜马拉雅山运动中发育形成的红色岩系,是经长期风化剥离和流水侵蚀形成的奇岩怪石。

据说这造型奇特、色彩绚丽、气势磅礴的张掖丹霞地貌奇观,形成于600万年前,当地裕固民族将这里的丹霞地貌称为"阿兰拉格达"(红色的山)。它是中国发育最大最好、地貌造型最丰富的地区之一,特别是窗棂式、宫殿式丹霞地貌,是丹霞地貌中的精品,面积之大冠绝全国。

由红色砂岩构成的张掖七彩丹霞，赤壁丹崖、红砂岩峰，山岭蜿蜒，景色奇特，有"仓瘥如丹，灿若明霞"之誉。许多山体有着宽阔的山顶、陡峭的崖壁、平缓的沟麓，给人一种雄奇、险峻、秀美、幽深的感觉。

那起伏的彩色山包，有的像丹青彩绘的屏风，有的像缓慢飘动的小舟，有的像悠闲散步的大象……无一不让人感到大地的脉搏在跳动，大地的血液在流动。红的、蓝的、浅绿的、淡黄的波浪一层一层涌向远方。黛青、褐黄、碧翠、桔红、鹅黄的色条，跳跃出一匹匹美丽的斑马，奔腾到远方去了。

有些山峰简直就是建筑史上的绝世之作，那朱红色的柱梁，杏黄色的门窗，墨绿色的琉璃瓦，翘角飞檐，气宇轩昂，修整肃穆。一道道山岭，就是苍灰和褐红色的奇迹，似乎像燃烧了亿万年的火焰的余烬，在这里聚集、凝固成了大地的灵魂。

冰沟丹霞"赤壁千仞"。那里崖壁、石墙、石柱、尖峰、丘陵的"雄险神奇"，令人目不暇接，拍案叫绝，被誉为"天下第一奇观"。

红岩丹色的山，刀削斧劈一般，几乎寸草不生。巍峨山影直指蓝天，威风八面；山巅之上，云雾缭绕，仙界般美丽。半山腰，有神驼傲立，神合形似，栩栩如生，洒然伟岸。它昂首眺望，精聚神凝，是惟妙惟肖，她头枕绝岩，鼻梁俊俏，酥臂轻柔，玉腿舒展，窈窕娉婷。一位手臂挎篮、仰首向东的少女，娇艳欲滴，面色凝重。更有一座拔地而起的"阴阳柱"，演绎着阴阳平衡，诠释着社会和谐。也有银盔银甲的英雄雕像，传说是霍去病、卫青、路博德等人留在河西的痕迹……狮子、猛虎、大象或者其他更为灵巧的动物，构成了精妙绝伦的动物大观园。

在丹霞，想起张掖平山湖大峡谷来，这被誉为"比肩张家界""媲美克罗拉多大峡谷"的神秘之所，是亿万年风雨沧桑，大自然的神奇造化。

这里峡谷幽深、峰林奇特，大自然用鬼斧神工的创造力将五彩斑斓的山体镌刻成一幅幅无与伦比、摄人心魄的山水画卷。

大峡谷海拔高度1500至2550米，其地质构造属于"红色砂砾岩"地貌。距今已有一亿八百万至两亿四千万年。峡谷两岸北高南低，浩瀚的气魄，慑人的神态，奇突的景色，世无其匹，且含有各个地质年代的代表性生物化石，被称为"活的地质史教科书"。

有人说，丹霞、平山湖峡谷是女娲补天时剩下的七彩石，受孕于河西走廊的泥土，诞下的地貌。我想，这是否在古时的某一天，丝绸之路上那悠悠的驼队撒落的华美丝绸，装点了这红土地上的美人，让她们用柔润的彩绸，舞蹈成了这一片丹霞的逶迤？是否是张骞的足印、武帝的霸业，从百里狭长的走廊喷薄而起，化为铺天盖地的丹霞，烧红走廊的半壁江山？是否是隋唐的旗帜、匈奴的牧马，游龙般蜿蜒于河西，重组了丝绸之路上一个关于民族融合的历史？

我相信神话，也相信历史和由历史生发的故事，而天空中像丹霞一样美丽的七彩霞光，飘落在祁连山中一座座晶莹剔透的冰川之上，那冰川，惊艳了大地。

### 冰山一角惊世殊

祁连山为古代匈奴语，意本为"天山"，极言其山峰耸入天际。山峦中的"七一"冰川形成于约两亿年以前，是整个亚洲地区距离城市最近的可游览冰川。

仰望青山，满目翠碧，绿波涌浪。从冰川方向传来的泉声在耳畔叮咚作响，轻烟缭绕，似繁星满满的银河，如天女扯起的白练，斜悬在山坡上。

群峰之巅，千年积雪万年玉屑，如万马奔腾刀光剑影，如奔突岩浆万浪汹涌，挟宇宙之力量，裹飓风之气势，从天宇浩浩荡荡轰轰烈烈排山倒海席卷而来，仿佛可以听到震魂夺魄的海啸的呐喊。晴天丽日下，冰川显现出蓝色水晶一样的色彩，晶莹剔透纤尘未染，在自然生态环境里显得静谧、原始、神秘——那是千年雪山的身躯，万年冰峰的头冠。

面对眼前这冰清玉洁、奇特壮观、气势磅礴的景象，心底只有一个词，那就是"圣洁"。那随风飘荡的经幡，更添了一份神秘而肃穆的感觉。无论如何，这里是一个与城市生活截然不同的世界。禽鸟、花朵都像一本书，里面可能记载着没有人知道的奥秘。而眼前的冰川，断面像刀切了一样整齐，一层一层的，的确像书页——这是大自然绝美的散章。

那冰绵延数公里，仿佛神仙打泼的老酸奶，顺着山坡流动着、起伏着。雪白的冰川，黝黑的岩石湛蓝的天空，还有那些随风变幻的云朵，构成了壮丽绝美的一幅画。人在画中，好像一伸手，就可以触摸到蓝天，一伸手就可以拖住太阳。

站在离太阳这么近的地方，俯瞰脚下的河西走廊，长风几万里，扬起戈壁原野的奇丽风光，沙漠，在我的视线里定格成了隽永的情怀。

### 沙碛款款枕绿洲

我在沙漠旅行，除了享受沙漠的辽阔壮美，过多地印象了沙漠的人迹罕至，沙漠的神秘危险。世界上多少有名的沙漠，都处于绿洲和城市的外围，而张掖国家沙漠地质公园则属于沙漠衍生出的绿洲和绿洲围合之中的原生态沙漠。在这里，给人一种沙漠和绿洲相生相伴、和谐共存的视觉冲击，感受到沙漠和绿洲两种极端地质状况的融合与碰撞——我对沙漠有了一种天然的亲切感，这是一片在绿洲环抱中藏着的神奇沙漠，是中国距离城市最近的沙漠体育公园。

　　黎明，霞光普照，沙漠公园比光轮还明灿，它望断绿洲，在那里炽热生命，沐浴微风。仰望天空里涟动云朵的长河，它的心中也许滋生着一种强烈的爱恋，感动得太阳震颤，向它抛出千万缕狂热。在斜照中，它像飘在深水之上，燃烧成了花朵的浪漫。中午，沙粒闪烁着一簇簇缤纷的微芒，风的手指为它添上许多鬼斧神工的色谱。傍晚，阳光轻舞长袖，用胡琴拂出柔美的乐章，像一叶扁舟，把它的梦载向张掖绿洲，让它回到魂牵梦萦的远古时光。夜里，月光拨弄羌笛，沁凉的夜色像袅袅氤氲的乐音，让它迷离而神秘地头枕绿洲，朦胧了它的倩影。远望，那犹如水面一样白茫茫的流沙，映照着淬蓝的碧空，好似大海般起伏汹涌。

　　有时候，风轻轻地吹拂它的红妆，雨温柔地亲吻它的面颊，它就变成了丝绸之路上婀娜多姿的新娘。它对我说，月光偷走了它的衣裳，它成了一朵开在绿洲上的黄玫瑰，亭亭玉立望远方，缠缠绵绵向天涯。我想，它的芬芳，应该在无数金戈铁马、驰骋疆场的汉子心里飘逸。那一年，"中国张掖全国露营大会"的激情，醉了沙碛。那一年，"中国汽车拉力锦标赛"的雄风，在沙漠中映出人类几千年来足迹的威猛。射箭、赛驼、冲浪、滑沙、登沙山、拉沙橇、拔河等娱乐游戏，让人彻底释放自己，享受绿洲沙漠带给人的愉悦。周边的树林、村庄安恬地舒展着春意盎然的梦境。千百年来绿洲与沙漠这一对"冤家死对头"却能够和谐共存，这里没有"沙进人退"或者"人进沙退"的情景啊。

　　我是大山的女儿，从感情上说，我只是这片沙碛之上的旅客，是热情激荡的沙漠容纳了我的执着，是千古永恒的光彩完美了我的心态。这些犹如天鹅绒一样柔软纤细的沙粒凝聚成一个个生动而意趣横生的整体，这个整体就是张掖大地上一双深邃的眼眸——生成于旷野之上，昂首于云天之外，它看见雄性的祁连山逶迤而来。

## 山峦脉脉秀走廊

有两个字，音韵流美，雄健刚毅，光是念及便齿颊铿锵，神思飞越。这两个字就是祁连。威风凛凛的祁连风景是马背上汉子的一皮袋青稞酒，热烈清澈，浓郁扑鼻让人醺然。这里，每一棵岩树都是风刀霜剑的瞳仁，每一挂冰凌都闪烁着雄健的光芒，每一道山梁都震颤着远古金戈铁马的故事。古铜壶里，煮的是高原之舟的乳汁。林海深处，唱的是天籁的乐音。黑帐篷里，沉酣的是祁连式的梦境。那岩峣岩壁，那凝花春树，那琼瑶紫云，那烟雨重雾，那青涯水影、那涧峪清芬，钟灵毓秀尽在山水峭壁之间了。"马上望祁连，连峰高插天。"这样的气势磅礴只能属于祁连。"西走接嘉峪，凝素无青烟"这样的连绵起伏只能驻在祁连。"几度豪来诗句险，恍疑乘骞灞陵桥。"这样的脱俗想象只能源自祁连。

我从草原走过，祁连等待在我生命的每一个季节里，它更多地给我一种马背民族横扫草原云雾的气概。耸立中国西部的祁连山在来自太平洋季风的吹拂下，是伸进西北干旱区的一座湿岛。因为有了祁连山，有了它的血液和心脏，才养育了河西走廊，才有了丝绸之路。

遥远的匈奴时代，草原强悍的民族把"天"称为祁连。他们繁衍生息的祁连山，就是他们眼中与天一样神圣的所在，这山，在他们心目中自然就是"天"，它的雄性就更不一般地激励着草原民族，把他们的每个毛孔里都溶进刀劈斧削的痕迹。

雄性的祁连山，它的冬天，比不得江南的冬天。祁连山一飘雪，就飘得淋漓尽致，飘得昂扬肆意，飘得没了季节，飘得诗情涌动。明代杨一清的"四时常见雪，五月不知春"，李开先的"未交八月先飞雪，已尽三春不见花"。透过诗面,看见祁连玉琢峭岩,素披幽壑,晶明耀目,俊极秀绝,银装素裹,玉屏横亘的容颜装束,心中就飞舞出不尽的遐想来,顿觉凉生座下,暑气顿消,许多郁闷之情都随之烟消云散,身凉、心静,怡然自得。

先有祁连,后有诗人。看见祁连山,诗人们那诗,就渗透了祁连山的精神气质,吟咏得山风猎猎、松涛震天,时而瀚海澜沧,时而金戈铁马,时而烽烟滚滚,时而高天流云,与其说是诗人在写诗,不如说祁连造就了诗人的心灵魂魄。李白虽不归入边塞诗人一派,但在祁连面前,他的豪情同样不可遏制,提笔挥毫,写下了"明月出天山,苍茫云海间。长风几万里,吹度玉门关。"这样的千古名句。宋朝诗人黄庭坚也说:"祁连将军一笔雁,生不并世俱名家。"把人与祁连相互映照,由衷地折射出诗人赞人赞山的感情来。

祁连是雄性的,筋骨里自然生就着阳刚,自然有它的坚定、沉着。然而它的支脉焉支山,更集中、更历史地演绎着祁连山的生命痕迹。

焉支山坐落在河西走廊峰腰地带的甘凉交界处,自古有"甘凉咽喉"之称。

焉支山是胜利之山。公元前121年,十九岁的霍去病在焉支山下与匈奴激战,最终将河西地区纳入汉王朝的版图,焉支山也因此成为胜利的象征而载入史册。公元609年,隋炀帝驾幸焉支山,举办"万国博览会",写下了著名长诗《饮马长城窟》,使焉支山成为世界博览会最早的发源地而闻名天下。

焉支山是秀美之山。远观群山拔地而起、重峦叠嶂;近观涌泉流淌、清幽雅静。山上林海松涛,碧波无际,山下沟壑纵横,怪石嶙峋。石涧溪流潺潺,如鸣环佩。崖峰光摇天外,松柏苍翠。谷底绿树藤蔓,参差披拂。春天花卉盛开，争奇斗艳；夏日草木葱茏，鸟语花香；晚秋树叶殷红，果挂枝头，重雾缥缈；严冬银装素裹，晶莹玲珑。四季松柏常青，景色宜人，有河西"小黄山"的美称。

焉支山是诗歌之山。李白说："燕支长寒雪作花，峨眉憔悴没胡沙。""燕支多美女，走马轻风雪。"杜牧说："青冢前头陇水流，焉支山上暮云秋。峨眉一坠穷泉路，夜夜孤魂月下愁。"李昂说："汉家未得燕支山，征茂年年沙朔间。"

焉支山，文采斐然，仙气袅袅，她是被尘封在河西走廊里的一部历史天书。

的确，张掖于我，是一首永恒的歌，是一种永远的文化记忆。

选自《读者欣赏》2017年11月

# 诗画浙江

张海龙

浙江之名，源自之江，一条曲折前行奔向东海的大江。

浙江之魂，源自钱塘，一种"弄潮儿向涛头立"的精神。

诗画浙江，就是我们用镜头发掘价值，去指向这块我们生于斯长于斯的热土，让我们重新去发现大地里的星光，让我们去捕捉内心的火焰。诗，是灵感；画，是定格。而浙江，就是我们的诗画发生地，就是我们的摄影采集点——

这里有5000年中华文明圣地良渚，今天的良渚博物院内，珍藏着一件国宝级文物刻符黑陶罐，罐身上刻有良渚先民们留下的12个神秘刻画符号，记录了古人捕虎的经历。

这里有3000年前海水退去后留下的西湖，"三面湖山一座城"的杭州就好比一幅水墨作品，苏堤、白堤就是写意线条，远山就是泼墨山水，孤山就是一方恰到好处的印章。

这里有绵延2500年的大运河，从孔夫子的时代，这条人工大动脉就联结起我们的南方和北方，把江河湖海联为一体，以庞大水系造就了中国古代的互联网。

这里有"奇山异水，天下独绝"的富春江，元代画家黄公望"饱游沃看"之后，画出一个"世外桃源"般的"诗画浙江"，从而将《富春山居图》

推向前所未有的人文高地。

这里有群峰耸峙的百山祖国家公园，海拔千米以上的山峰就有1390座，绵延流动，形成澎湃山系；瓯江与闽江全都源出于此，切割大地造就栖居家园，一路奔向大海。

这里是中国革命红船的启航地，是中国改革开放的先行地，也是习近平新时代中国特色社会主义思想的重要萌发地。今天，浙江又要努力成为新时代全面展示中国特色社会主义制度优越性的重要窗口。

涛声澎湃，浩荡江河联结山海——这是我们的山水诗路。

湖上春来，淡妆浓抹相得益彰——这是我们的如画家园。

天姥连天，我欲因之梦回吴越——这是我们的无边乡愁。

因物赋形，勇立潮头敢为人先——这是我们的弄潮精神。

古人谁都没有全景式地看过《富春山居图》，他们看画的方式是把山水长卷缓缓打开慢慢展读。这是何等风雅的事情！三五知己，酒酣耳热，拿出一卷画来在手中徐徐展观，千里江山就在你的手中。那时候，你手中所持与心中所想该是何等广阔而茫无际涯？

黄公望老人将一条富春江的蜿蜒回转、山水情势尽现于股掌之间，俯察百里，看尽山川，他的眼睛就是一架照相机。他还说："画，不过意思耳。"

人生有三层境界：看山是山，看山不是山，看山还是山。

今天，我们用照相机去看的话，又能辨识出多少重风景？

诗画浙江，亦不过意思耳。

## 诗路：山水绵延

浙江自古好山好水好风景，从江郎山到天姥山，从天台山到普陀山，从雁荡山到括苍山，从钱塘江到大运河，从西湖到西溪，一路向东奔涌进大海。

浙江——江山如画好地方，欢迎你走入这千年来依旧气韵生动的山水画卷之中；家山万里好生活，欢迎你走入这千年来始终灵魂丰满的理想家园。

来到浙江，不必走向远方，就能感受诗意人生。来到浙江，风景就在手边，所有美好恰逢其时。从《与朱元思书》，到《富春山居图》，再到"诗画浙江"，让我们在一封信、一幅画、一种生活里感知"新时代全面展示中国特色社会主义制度优越性的重要窗口"。

诗路绵延，就是"我欲因之梦吴越，一夜飞渡镜湖月"。

## 家园：风景如画

浙江，是个有味道的地方：风的味道，水的味道，春天的味道，还有思念的味道和家乡的味道。诗画浙江，记住乡愁。和天地拥抱，替万物吟咏，春风十里不如读你。

浙江，也是中国山水画的朝圣之地。

书画艺风盛行，走入寻常百姓家，随处可见名家手笔，书香氤氲。在这幅流动的山水画卷里，你是读诗的人，也是读画的人，更是诗中的人和画中的人，要被更多的人来读、来写。

花园，不仅仅是浙江人的范本，更意味着一种中国人理想生活的样本。

家乡如画，就是"春风又绿江南岸，明月何时照我还"。

## 底蕴：乡关何处

浙江，是一个既古老又新潮的地方。

良渚古城遗址见证着中国5000年的文明史，大运河穿过丘陵与平原，将无数水乡小镇串联成江南珠链，乌镇、南浔、西塘、前童让你流连忘返。绿水青山就是金山银山，在这"两山理论"15周年之际，我们已经能够望得见山，看得见水，记得住乡愁了。

浙江，是个既贫瘠又富庶的地方。浙江人因地制宜，硬是将这"七山二水一分田"的先天不足之地变为富饶的鱼米之乡。丝绸发源地湖州地势低洼，还是通过筑海塘、建沟渠的方式让昨日泽国变作蚕桑重镇。浙江既有吴文化温婉的一面，也有越文化豪迈的一面。

乡关何处，就是"江南好，日出江花红胜火，春来江水绿如蓝"。

### 窗口：勇立潮头

生活的理想就是理想的生活——这就是红船精神的具体体现，此即初心。

在浙江，我们能集中看到非常独特的文化特征，它既有传承千年的温润西湖文化积淀，也有海纳百川、融合共生的大运河精神，更有敢打敢闯敢拼敢冒的钱江弄潮气质，又有敢于扬帆出海的国际视野。正是这些古与今、内与外、东与西、土和洋的多重融合，才淘洗出了大气包容并且不断自我更新的浙江精神，也决定了浙江在能源、工业、交通、城建等诸多方面一马当先。

勇立潮头，就是"弄潮儿向涛头立，手把红旗旗不湿"。

选自《读者欣赏》2020年9月

## 百山之祖，众生所驻

张海龙

我们喜欢仰望星空，却忘了脚下这片土地才是离我们最近的星星。

两颗在龙泉发现的锆石，竟是来自40亿年前宇宙的星星碎屑：它们本身并不发光，却蕴藏着极为珍贵的时空记忆。地球迄今已有46亿年，这两颗锆石，见证了地球的沧桑巨变与亘古不衰。

这是冰与火的碰撞交融：寒冷的冰川与炽热的火山，在这里留下了不可磨灭的印记。

这是日与夜的冷暖交织：努力向上生长的大树，展现了来自大地深处的原生动力。百山祖冷杉，来自第四纪冰川期的冷酷仙境，是中国特有的孑遗植物，全球野生植株仅存3株，被列为全球最濒危的12种植物之一。

这是人与自然的相互感召：群山呵护的众生，感念自然的伟力，尊称此地峰峦为"百山祖"。如果以那两颗锆石作为起点，或许百山祖下就埋藏着天地起源的真正秘密。

这是山与河的互动响应：山就是河，绵延流动，澎湃向前；河就是山，分割大地，形成家园。1390座海拔在千米以上的山峰，挡住了海上袭来的台风，拦截丰沛水汽，使之汇聚成溪。瓯江与闽江均源出于此，两江奔向大海，从此，山海相连。

百山祖，坐拥江浙最高峰。万物竞生，这里分布着华东地区最多样的生境。海拔从291米升至1929米，跨越中亚热带、北亚热带、暖温带和中温带四个气候带，这里分布着常绿阔叶林、针阔混交林、针叶林、灌丛、草甸等植被，孕育了同纬度地区最典型、原始的中亚热带森林。自然演替的生境，为这里带来了极其精彩的生命故事。

这是万物竞生的狂野丛林：百兽之王华南虎曾出没于此；密林深处，黑麂、云豹、黄腹角雉、白颈长尾雉、金斑喙凤蝶、穿山甲、阳彩臂金龟、猕猴、大鲵、大灵猫、白鹇等48种国家重点保护野生动物自由生长。

这里的物种之丰富，让人叹为观止，仅野生脊椎动物就有416种，昆虫更是多达2205种，或许，它们才是这片山林真正的主人。

这是生机盎然的自然秘境：漫山遍野的植物，总是以绽放的姿态宣告春天的来临。万物静默，百山祖冷杉、红豆杉、白豆杉、南方铁杉等针叶树，还有壳斗科、樟科、木兰科、金缕梅科、冬青科等中亚带常绿阔叶林群落，全都覆盖在群山之上。生命无处不在：1829种种子植物、273种蕨类植物、368种苔藓、632种大型真菌，还有34种国家重点保护野生植物。

这是不可思议的创世传奇：山河依旧，草木荣枯，万物都以不可动摇的方式存在。星与月、夜与昼、山与河、树与风、水与火、鸟与兽，万物各有其时，一切自然而生。蒙山河呵护，做自然的客人。

这里是天人合一的人间天堂：人与自然和谐共生。

剑瓷文化，山河造物——龙泉宝剑，诚信高洁之剑，始于春秋，代代相传；龙泉青瓷，千峰翠色，物我交融，龙泉青瓷传统烧制技艺更是全球唯一入选《人类非物质文化遗产代表名录》的陶瓷类项目。正是百山祖，提供了"金木水火土"等一应造物元素。

风雨廊桥，连接你我——山地落差剧烈，江河跌宕向前。廊桥，是突破山河阻碍、体现彼此连接的渴望。正是百山祖，成就了廊桥存在的背景。

万物有灵，倒木生菇——环百山祖一带，是世界人工栽培香菇的发源地，菇神庙、菇民戏、菇民防身术等香菇文化生生不息，它是大自然馈赠民众的独有方式。正是百山祖，使人们懂得感恩造物。

依山而居，刀耕火种——畲族人自称"山哈"，他们崇拜自然，开山劈岭，拓荒造田。畲族歌舞、服饰、建筑等都极具大山气息，他们会认大树和巨石当孩子的干爹、干娘，祈福孩子能像树木或石头一样健壮。正是百山祖，让人们懂得敬畏山林。

今之丽水，万物育焉——云开日出，星汉灿烂。"中国生态第一市"，秀山丽水，天生丽质。一个让万物与众生充满期待、梦想成真的地方。

百山祖，揽扩万物，兼具自然与人文两大生境，无数动植物、山河林木与人类文明在这里共生同长。山河异域，风月同天。南渡北归，这里更凝聚着中国人的千年乡愁。

百山祖国家公园被称作"中国山水画实景地"，其内核正源于中国山水画的自然观。中国人的山水观中，蕴含着看待世界和自我的态度：我们坦然面对辽阔的山水，我们甘愿接受自己的渺小。

群峰高耸，上出重霄，纵目遥望，高山仰止。中国山水画讲究高远、深远、平远，在百山祖国家公园，几种意境都可以看到。天地之间，人生如寄，不动如山。

百山之祖，众生所驻。

选自《读者欣赏》2020年11月

## 念山念海念霞浦

邱太建

念山。高山仰止，我们在海边遥望珠穆朗玛，敬畏之心油然而生，地球之巅的日出日落、气象万千，都是不可多得的奇异景象。山海呼应美丽中国。

念海。海纳百川、潮涨潮落，蔚蓝色的大海承载的文明生生不息，每一缕霞光都绽放着大自然千变万化的精彩瞬间，每一朵浪花都诉说着霞浦人民与大海和谐共处的故事。

念霞浦。那个让人魂牵梦绕、霞光万道的地方。海的喧嚣透过曼妙的光影，把九曲十八弯的旖旎风光四海传扬。

千年古邑霞浦依山傍海，是"中国海带之乡""中国紫菜之乡"，素有"鱼米之乡""海滨邹鲁"之称，被誉为"中国最美的海岸线""国际著名滩涂摄影目的地"。

我心中的那片海，洋溢着对大海的深情和热爱，对滩涂光影的深深眷念。光影作画、海浪听涛的霞浦，让人为之心动。

中国最美海岸线、富饶的海产品、全国县域海岸线最长的县份，这些造就了生机勃勃的霞浦。这里如雨后春笋的海滨民宿，迎接着四海宾朋。三沙、南湾、北岐、小皓、沙江……这些充满着大海气息的名字正迅速地传向四面八方。

霞浦的花竹和北岐都是拍日出最好的地方。花竹有着"中国观日地标"的美誉,也是央视《东方日出》节目的取景地。北岐与霞浦城关毗邻,这里可见山、见海、见村庄,是《美丽中国》邮票中霞浦滩涂的拍摄地。北岐的虎皮滩闻名遐迩,但并非轻易能够遇见,必须在对的时间,才能有缘窥见"庐山真面目"。

心中那片海何止是蔚蓝,更有千变万化、五彩缤纷的春暖花开。霞浦盐田鹅湾村那片小小的红树林,随着潮汐的起落立足滩涂,与大海朝夕相处,浑然一体,每每成为摄影师获奖作品的取景地。那片浅浅的滩涂不仅仅是红树林和众多鱼虾的安身之地,更是环境保护、天人合一的见证。

小皓的日落美得令人心醉,常常听到期待已久的影友们一片片激动的喝彩之声。不为风花雪月,只为夕阳无限好。世界那么大,我们怎能不到霞浦看一看呢?

当我们看见航船,就会想象大海的蔚蓝辽阔;当我们遇见渔网,就会想起鱼儿的活蹦乱跳。在霞浦的海滩上,一艘艘驳船期待远航,绿色的渔网仿佛画笔,勾勒大海的风情万种,描摹渔家的海上生活。

海滩是宁静的,凝固所有的欢乐泪水;海滩是喧嚣的,所有的狂风巨浪都成了记忆。

霞浦的日出日落左右着所有摄影师的心情,难得来到霞浦的港台摄影师在雨中把霞浦拍成了水墨。潮涨潮落的大海随意泼墨,神奇的画笔让所有的美好高光一一呈现,美丽的光影让所有的真实变得缥缈。在霞浦感受海的味道、海的情怀,何须单反相机、大疆无人机,其实手机就能捕捉你所期望的时光。

《美丽中国》邮票画面上的霞浦和谐宁静，仿佛海风是静止的，海岸是时代的布景。航拍视角把霞浦沙江地形地貌的大地脉络表现得淋漓尽致，"S"弯的画面更是出现在巴西里约奥运会开幕式的宣传片上。血脉一般的河道、方方正正的盐田，凸显了大地脉络的画意之美。许多人向往天堂，而霞浦就是海内外摄影人心目中的摄影天堂。

　　这是一个摄影师来了还想再来的地方。当农耕的记忆成了影像的主题，杨家溪榕树下牵牛的场景吸引眼球。霞浦确确实实是"靠山吃山、靠海吃海"的典范，退潮之后，"讨海"的人们欣然接受大海毫无保留的馈赠。劳作的渔民，像音符一般呈现在泥泞的滩涂之上。细细品读，海边的生活其实就是一道靓丽的风景线。

　　风吹过来，鼓满的风帆烘托着劳动之美。如梦似幻的场景吸引了无数的海外摄影家来此创作。感叹大自然的造物的同时，也能感受到人造景观的惟妙惟肖。

　　霞浦不仅有海的雄浑，而且也不乏江南水乡的清新。半月里的畲族风情古色古香，榕树下竹林间匆匆的身影仿佛时光倒流、昨日重来。盐田乡南湾村的滩涂仿佛一幅美丽的画卷，"甲骨文"和"八尺门"的围网交相辉映，渔民摇着小船穿梭其中，撑开一片海中天。

　　海带收获的季节，总能感受到丰收的那份喜悦。祈求平安，保佑风调雨顺，始终是人们最朴素的期望。霞浦竹江岛的"妈祖走水"民俗，既是怀古，更是展望。传统民俗总能凝聚人心，彰显文化的力量。

　　心心念念美丽中国的大好河山，寻寻觅觅福如东海的福建霞浦。一年365天，霞浦都以敞开的怀抱笑迎天下宾朋。霞浦是一个值得你发呆的地方，和你心爱的人一起，将海天盛景尽收眼底，去拥抱霞光万丈、一望无垠的海阔天空。山光水色、波光艳影、霞光万丈、如梦如幻的霞浦，已然成为奋进中国的豪迈音符。

如今，一年一度的霞浦摄影群英会大赛吸引着海内外摄影家慕名而来，并且诞生了众多精品力作。

海还是那片海，霞浦的海因为有你会更精彩。

选自《读者欣赏》2021 年 1 月

## 什么样的风光最中国

邱太建

你见过什么样的中国？是五彩斑斓的神州大地，还是四季轮回的春华秋实，是冰天雪地的皑皑白雪，还是蔚蓝一片的海阔天空。从高山之巅到万顷碧波的辽阔海疆，从沙漠驼铃到江南渔歌。我们生在中国的画卷里，我们浸染在大好河山的水墨中。

旭日东升，照耀万里河山，从遥远的北国到南国的海滨，从东海之滨到喜马拉雅，从呼伦贝尔大草原到鼓浪屿的涛声，从天鹅飞翔的仙界，到篁岭晒秋的古村落。我们在画里游中国，我们在镜头里定格每一个摄影目的地。这是你心中的中国吗？这是你眼中的中国吗？这是你梦里的中国吗？马儿在奔跑，天鹅在舞蹈，鹿儿在光影间自由呼吸。夕阳西下的塞北风光带领我们走进西出阳关无故人的千古诗句。

我们感受春天的勃勃生机，那泥土的气息，草原的清香，春雨的润物细无声。夏日的接天莲叶无穷碧映日荷花别样红，秋天的瓜果飘香层林尽染万山枫叶红遍，冬日的北国银装素裹，冬日的阳光温暖人心。

我们聆听冰消雪融的泉水叮咚，我们怀想马蹄声声的壮怀激烈，我们追随驼队的黄沙漫漫，我们向往天鹅的翩翩起舞。随着镜头我们走南闯北，追光逐影我们穿越时空。

草原的无边无际总是带着万物的潜滋暗长，三山五岳的高山仰止总是带着无以复加的唯我独尊。还有江南的小桥流水，还有大海的辽阔无垠。

这就是壮美中国的诗篇，这就是色彩斑斓的九州大地。

这里的人们爱和平，用自己的勤劳双手打造丰衣足食的幸福生活。收割机的轰鸣彰显农业大国的当代画卷；游艇码头的波光艳影召唤海上徜徉的美好心愿；一叶扁舟撑开了绿意盎然泼墨荷田；从天上人间到海天盛筵，从塞北大漠到江南水乡，从世界屋脊到大海深处。锦绣中华的画卷如此丰富多彩，五千年文明的华夏大地源远流长。

从浓墨重彩到轻描淡写，从浅吟低唱到引吭高歌，从博大精深到细致入微。我们看到了唐诗里"人面不知何处去，桃花依旧笑春风"，我们看到了宋词里"明月几时有，把酒问青天"的思乡情愫。什么样的风光最中国，什么样的风光最乡愁，什么样的乡愁最诗意。在中华山水间，在四季轮回中，在江河湖海的倒影里，在风花雪月的思念中。

什么样的风光最中国？是中国画风格的古色古香，还是油画的栩栩如生，或是版画的入木三分。红色中国勇立潮头，绿色中国勃勃生机，金色中国丰收在望，蓝色中国海天一色。

也许身临其境的美丽中国只在乎山水之间：素描的中国风光线条取胜，水彩画的中国风光若隐若现，水墨画的中国风光比比皆是，漫画中的中国风光几多穿越，壁画中的中国风光更是气势恢宏。画里中国，歌里中国，梦里中国，同宗同源。

我爱这蓝色的海洋，我爱祖国的蓝天，我爱中华大地的秀丽景色。什么样的风光最中国？我爱的中国处处是风光，我们和日月星辰相依相伴，我们和花鸟虫鱼和谐共处，我们和美丽的大自然同呼吸共命运。

这里是中国，是如诗如画的美丽中国，是绿色发展的和谐中国，是砥砺奋进的创新中国，是追逐梦想的盛世中国。

选自《读者欣赏》2020年7月

## 大河之北

张海龙

我们是谁？我们从哪里来？我们到哪里去？

我们生于天地之间，首要之务自然是辨识草木、踏访山川、泛舟湖海，以此才能确认自己身处的时空与座标，判断未来的走势与方向。

读史必先读地。百余年前，梁启超就曾在《中国史叙论》中写下这样的文字："东半球之脊，实为帕米尔高原，亦称葱岭，盖诸大山脉之本干也。葱岭向东衍为三派，其中部一派，为昆仑山脉，实界新疆与西藏焉。昆仑山脉复分为二，其一向东，其一向东南。向东南者名巴颜喀喇山，界青海与西藏，入中国内地，沿四川省之西鄙，蔓延于云南、两广之北境，所谓南岭者也。其向东者名祁连山，亘青海之北境。其脉复分为二：一向正东，经渭水之上流，蔓延于陕西、河南，所谓北岭者也；一向东北，沿黄河亘长城内外者为贺兰山。更北为阴山，更北为兴安岭，续断蒙古之东部，而入于西伯利亚……"一国有界而山河无界，只有按照这种视角，才能真正理解中国。

风物长宜放眼量。《大河之北》开篇就以一种"上帝视角"告诉我们：河北是中国地貌类型最为齐备的省份，"山脉如镰、河流如扇、平原似毯、海洋若盘"，18.8万平方公里的土地上镌刻着一幅壮观的地理画卷，被称为浓缩的"国家地理读本"。这片土地历史绵长，35亿年的沧海桑田、白云苍狗,每一寸土地上都写满传奇。这片土地辽阔富饶,18.8万平方公里之上承载着北纬38°的肥沃丰饶、北纬40°的甜蜜芬芳。这片土地从来就具有生生不息的力量,是充满希望之地。

由此,《大河之北》徐徐展开这幅巨型山水画卷,一点点阐释解析,带我们去体味脚下这块大地未曾了解的秘密。你会发现,仅仅用美来形容这卷山河地理是远远不够的:这里有沃野平原,也有险绝山地;这里有岁月静好,也有连年征战;这里有山海相望,也有苦难辉煌;这里有大河之北,也有人世艰难。

## 得名河北

开门见山就讲"河北得名",实在太过必要。由名而入实,让我们沿着大河血脉深入这个北方省份,也让我们顺流而下打开京畿之地的山河门户。万物共生,天人合一,是中国人古老的自然观。与河流伴生的农业,从来都是一诺千金的美德。一灯如豆,一田如舟,一家如芥,大地上的农人凭此撑渡得过清贫岁月。而在今天这个"互联网时代",很多人都忘了脚下的大地,也忘了从前河流上的舟楫,更忘了脚下这片大地才是离我们最近的星星,那是一种对"生命之根"的遗忘。

你瞧,很多人在看这部《大河之北》之前,甚至都不知道河北是中国唯一兼有高原、山地、丘陵、盆地、平原、草原和海滨的省份,只是因为疫情的原因才开始重新打量河北这块甚少踏足的省份。其实,历史上经历过无数次战争、饥馑的河北,从来都习惯了居安思危和痛定思痛,最能应对生命中的种种横生枝节,人世间又有什么好怕呢?

得名河北,其实就是用山河湖海赋能河北,就是笑看荣枯的底气与慷慨悲歌的豪情。

## 燕赵脊梁

直接展示"燕赵脊梁",仅仅用了太行山与燕山这大地上的一撇一捺,就意在笔先般地勾勒出了河北大地的隐忍与非凡。

如果你不知道山地占了河北总面积的35%,你就不能理解河北的那份"山野豪情";如果你不知道太行山自北而南纵贯中国大地腹心,划分出华北平原和黄土高原,并成为中国第三阶梯向第二阶梯的天然一跃,你就无法想象这里的山前走廊为何会成为王朝更迭和抵御外侮的大通道与主战场;如果你不知道燕山横亘在中国雄鸡的咽喉部位,如同天然屏障隔开了坝上高原和华北平原,你就很难认知草与禾的分野以及长城的悲壮。

可以这么说,正是山决定了这块土地上人们的活法与疆域,也是山阻隔了内蒙古高原和华北平原,却也让游牧部落与农耕聚落相互融合。今天,军都山、大马群山等山峰怀抱着的宣化、怀来等山间盆地,又要聚拢来全世界的冰雪高手,2022年北京冬奥会的雪上项目将用激情点燃这片区域。

燕赵脊梁,其实就是给硬朗的山地赋予人格,让山流动成河,让河凝聚成山。

## 广袤高原

一路向北,看向河北之北的"广袤高原",重点讲的是知名度极高的坝上。

坝上,在游客眼里只是一片美丽风景以及一条草原天路;在地理学家眼里,却是内蒙古高原伸入河北版图的那一部分,平均海拔1450米,占河北全省面积的8.5%，包括张家口市的尚义、张北、康保、沽源县和承德市丰宁、围场的北部；在历史学家的眼里，那里就成为地理和文化上的巨大落差，也正是河北所以成为京畿之地的原因。高原如猛虎，马背上的草原民族从前对峙着牛背后的农耕民族；在文学家的眼里，"坝"又是一个充满想象空间的词语，从西双版纳的热带坝子、到西南盆地的山间坝子、再到河北的坝上高原，"坝"一直是和异样风情与臻美风景联系在一起。接受无数种可能，包容种无数种存在，开阔、开放、坦荡、通达，或许这就是坝上高原的最终表达。

坝上的广袤高原，其实就是欧亚温带大草原的一部分，北接内蒙古高原，南临华北大平原：低缓起伏的山坡、台地，断续分布的树林、草甸，意味着连接更广阔世界的可能。

广袤高原，其实就是异度空间，让我们看见不一样的河北。

### 沃野千里

沃野千里，是大多数人所熟知的占全省面积将近一半的河北大平原。

从先秦到北宋的上千年时光里，黄河大致从今天河南开封转而向北，经河北的邯郸、邢台、衡水、沧州一路，从天津入海，造就了河北的连片重镇。这片由大河裹挟万物所造就的沃野，以其肥沃的土壤、适宜的气候、便利的交通，成为整个河北人口最集中、最富庶的区域。南北延伸约4个纬度，东西最宽处跨越3.5个经度，河北大平原地势坦荡辽阔，既无山丘突起，又无冈陵盘踞，沃野千里，天地四合。大自然的伟力和韧性，造就了这平坦又坚实的土地，也造就了厚德载物的民风。

这里是中国古代农耕文明诞生发展的重要区域，至今仍是中国主要粮食与经济作物产地。小麦占全国小麦产量的十分之一，玉米的种植面积和总产量也位居全国前列，全国地理标志产品数量众多，道地药材享誉世界。

正是因为这片沃野，才有了三千年不改其名的古城邯郸，也才有了"渤海粮仓"科技示范工程，更有了千年大计的雄安新区。

我最喜欢这集里这样一句解说词：甜，是大地最直接的善意；苦，则是大地饱含仁慈的苦口婆心。原意是说这里盛产的水果与草药，其实不也正是人在大地上劳作的写照？

沃野千里，正是让我们看见河北的根本，那是大河泥沙俱下的馈赠。

向水而居

说的是河流湖泊，取名向水而居，带出的却是连片的城市。

河北水系众多，又离海洋很近，丁玲笔下的桑干河、孙犁书中的白洋淀都在河北。几乎每座城市都有一条母亲河，但从地理学上来说，这些河流却都无法代表河北。河北，共有流域面积50平方公里、河流1386条，分属海河、滦河、辽河、内陆河4个水系。这些河从太行山、燕山甚至更遥远的地方赶来，有些奔赴大海，有些中途隐没。

人有两条命，一为生命，一为使命。向水而居是生命，治水理水则是使命，这一集的故事除了讲述自然水系，重点还是在呈现人工治水的伟力。从大禹治九河开始，善于治水的基因就刻入了燕赵大地。大运河、跃峰渠、南水北调工程，还有散落各地的60多座大中型水库，都见证了河北人翻江倒河的力量。

向水而居，向是渴望与抵达，居则是停留与生活。

## 面朝大海

面朝大海，这片蔚蓝色区域，一直都是河北最被忽视的地方。

河北全省西高东低，正好环抱住渤海。山海之间，千年不倒的镇海吼，秦始皇东巡、徐福东渡、曹操望海抒怀，无不见证着中国人在这片土地上对于更大世界的想象。北起秦皇岛山海关，南至沧州黄骅港，再到中国北方唯一拥有双港口的城市唐山，河北487公里的海岸线，竟然是中国港口最为密集的地方。河北直面海洋，沟通大千世界，开辟着一个港通东西、物联南北的未来。

河海之间，万物生长。全世界四分之三的大城市、70%的工商业资本都集中在沿海地带。中国将近一半的GDP，都集中在沿海200公里以内的62座城市。可是，太多人都未曾想过河北其实是个沿海省份。海上丝绸之路申遗，看不到河北的身影；改革开放几十年来，沿海经济区逐浪增高，而河北却保持着沉默，甚至被评价为"沿岸却无海"。

好在，进入新时代的今天，拥有"外环渤海，内环京津"的河北已经开始规划新的蓝海梦想，这部纪录片所呈现出来的正是对大海的认知。

面朝大海，或许正意味着河北的春暖花开。

大河之北，又岂止是一卷行走的山河地理？

选自《读者欣赏》2021年3月

## 编后记

"美丽中国"是中国共产党第十八次全国代表大会提出的概念，强调把生态文明建设放在突出地位，融入经济建设、政治建设、文化建设、社会建设各方面和全过程。2012年11月8日，十八大报告中首次作为执政理念出现。2015年10月召开的十八届五中全会，"美丽中国"被纳入"十三五"规划，首次被纳入五年计划。2017年10月18日，习近平同志在十九大报告中指出，加快生态文明体制改革，建设美丽中国。2019年，习近平新时代中国特色社会主义思想对建设"美丽中国"做了重要论述。

建设美丽中国，作为全新的理念，展示了一幅山青水秀人美的如诗画卷，标志着我们党执政理念的重大提升，承载着一代又一代中国共产党人对未来发展的美好愿景，预示着生态文明的中国觉醒已经到来，奏响了新的时代乐章。

"美丽中国"丛书（6册）为甘肃科学技术出版社策划的主题出版物，是一套为广大读者诠释和宣传"美丽中国"理念的通俗读物。丛书以读者品牌为依托，围绕生态文明建设、绿水青山、扶贫攻坚、乡村振兴、匠人匠心等主题从《读者》及系列子刊等刊物、网站、图书、微信公众号发表的文章中，精选近300篇文章，汇编成册，整体反映"美丽中国"建设成就和风貌。丛书在策划、编辑出版过程中，得到了读者出版集团、读者出版传媒期刊出版中心等单位的指导和帮助，在此深表谢意！同时也得到了绝大多数作者的理解和支持，没有他们的授权和认可，就没有本丛书的出版面世，也就少了一个宣传和践行生态文明理念的平台，所以更应向他们致以最真诚的感谢！我们在编选过程中做了大量细致的工作，但即便如此，仍有部分作者未能联系到，对此深表歉意，敬请这些作者见到图书后尽快与我们联系。联系方式为：甘肃科学技术出版社（甘肃省兰州市城关区曹家巷1号甘肃新闻出版大厦，730030，联系人：马婧怡，0931—8152382）。

"美丽中国"的实质，就是引导人们在保护自然中发展经济，在经济发展中保护自然，真正实现经济社会发展与生态环境保护相统一、相协调。"美丽中国"丛书反映的就是山美、水美、人美，环境美、生活美、一切美。通过这些优秀文章和故事，凸显"美丽中国"的内在意义和精神主旨，整体展现"美丽中国"的全部内涵和丰富外延。习近平总书记说，人与自然是生命共同体，人类必须尊重自然、顺应自然、保护自然。还自然以宁静、和谐、美丽。这也是本丛书的策划初衷和最终的目标，也是出版人"不忘初心,牢记使命"的职责所在。

丛书从策划、编选至出版发行,历时两年,在2021年这个春光明媚的三月,终于如雨后春笋,瞬间碧绿修长升,为读者撑起一方心灵绿荫,这是春天带给我们最好的礼物。

编　者

2021年3月